CRIME
AU FESTIVAL
DE CANNES

DANS LA MÊME COLLECTION :

- ❑ N° 1 — HIGGINS MÈNE L'ENQUÊTE
- ❑ N° 2 — MEURTRE AU BRITISH MUSEUM
- ❑ N° 3 — LE SECRET DES MAC GORDON
- ❑ N° 4 — CRIME À LINDENBOURNE
- ❑ N° 5 — L'ASSASSIN DE LA TOUR DE LONDRES
- ❑ N° 6 — LES TROIS CRIMES DE NOËL
- ❑ N° 7 — MEURTRE À CAMBRIDGE
- ❑ N° 8 — MEURTRE CHEZ LES DRUIDES
- ❑ N° 9 — MEURTRE À QUATRE MAINS
- ❑ N° 10 — LE MYSTÈRE DE KENSINGTON
- ❑ N° 11 — QUI A TUÉ SIR CHARLES ?
- ❑ N° 12 — MEURTRES AU TOUQUET
- ❑ N° 13 — LE RETOUR DE JACK L'ÉVENTREUR
- ❑ N° 14 — MEURTRE CHEZ UN ÉDITEUR
- ❑ N° 15 — MEURTRE DANS LE VIEUX NICE
- ❑ N° 16 — QUATRE FEMMES POUR UN MEURTRE
- ❑ N° 17 — LE SECRET DE LA CHAMBRE NOIRE
- ❑ N° 18 — MEURTRE SUR INVITATION
- ❑ N° 19 — NOCES MORTELLES À AIX-EN-PROVENCE
- ❑ N° 20 — LES DISPARUS DU LOCH NESS
- ❑ N° 21 — L'ASSASSINAT DU ROI ARTHUR
- ❑ N° 22 — L'HORLOGER DE BUCKINGHAM
- ❑ N° 23 — QUI A TUÉ L'ASTROLOGUE ?
- ❑ N° 24 — LA JEUNE FILLE ET LA MORT
- ❑ N° 25 — LA MALÉDICTION DU TEMPLIER
- ❑ N° 26 — CRIME PRINTANIER
- ❑ N° 27 — TIMBRE MORTEL

(Page à découper ou à copier)

Je souhaite recevoir :

- ❑ Le catalogue complet
- ❑ Les volumes cochés au prix de 30 F l'unité, soit :

...... livres à 30 F = ...

+ Frais de port (*1 à 3 vol. : 15 F ; 4 vol. et plus : 20 F*) = ...

Total ......

Nom : Prénom :

Adresse :

Paiement par chèque ou mandat à :
GDV-VPC BP 260 75264 PARIS Cedex 06

J.B. LIVINGSTONE

CRIME AU FESTIVAL DE CANNES

EDITIONS GERARD DE VILLIERS

ISBN 2-7386-5727-3

CHAPITRE PREMIER

L'assassin regarda sa victime.

« Étrange, pensa-t-il. Personne ne peut me prendre pour un assassin et personne ne peut la prendre pour une victime ; ni l'un ni l'autre ne semblons promis au rôle que le destin a décidé de nous faire jouer. Mais le destin ne se déçoit jamais lui-même ; il décide, frappe et va plus loin porter ses coups. »

L'assassin avait-il envie de tuer ? Question stupide. Sa victime avait-elle envie de mourir ? Certains désiraient quitter une existence trop terne, disait-on ; ce n'était vraiment pas son cas.

Pourquoi une victime et un assassin ? Ce n'était quand même pas à lui de résoudre des mystères sur lesquels butait l'humanité depuis son apparition sur terre. Il lui suffisait de savoir que ce crime-là n'était pas pire qu'un autre et que, surtout, il serait parfait.

L'esprit tranquille, l'assassin se comporta en hôte exemplaire de l'élégante cité cannoise.

⁂

À soixante ans, « Monsieur Marcel », comme on l'appelait dans tous les milieux, était considéré comme le meilleur projectionniste du cinéma français. Sur les metteurs en scène, les vraies stars, les fausses, les petites et les grandes histoires du festival de Cannes, il savait tout. Bougon, la casquette vissée sur la tête, il ne supportait plus d'attendre l'arrivée du comte Nicolas de Marie-Mort ; d'ordinaire, Monsieur Marcel commençait une projection à l'heure. Or, l'heure de celle-là était dépassée depuis trente et une minutes. Furieux, il mâcha nerveusement la cigarette au papier maïs collée comme toujours sur sa lèvre inférieure.

Il jeta un regard courroucé à Henriette Villadou qui fit semblant de ne pas le voir ; la pimpante brunette de cinquante ans, dont aucune vedette ne pouvait se passer, était trop heureuse d'échapper à son labeur quotidien pour se plaindre. Elle accepta le verre de champagne que lui offrit Harvey Akin, un cinéaste connu pour sa rigueur et son refus de la mode. Véra Drayer, une superbe blonde d'une trentaine d'années, assistante de production capable de s'exprimer en cinq langues, devisait gaiement avec Kirk Formeroy, l'agent artistique de l'actrice Carla Haverstock à laquelle Denis Murlay, personnalité du Tout-Cannes, faisait une cour assidue.

Pour Carla, l'heure de gloire était arrivée.

À trente-cinq ans, elle n'était plus une jeune première condamnée à faire scandale ou à tourner des films sulfureux. Reconnue comme une professionnelle sérieuse, capable d'apprendre un texte et de se glisser dans la peau de personnages très divers, Carla Haverstock jouait sur la durée. Sur le terrain depuis une vingtaine d'années, elle avait interprété quantité de premiers rôles dans des films de second ordre et de seconds rôles dans des films de premier ordre. Les critiques s'accordaient pour dire qu'elle avait une longue carrière devant elle et qu'elle saurait incarner à la perfection des femmes de quarante, cinquante et soixante ans. Contrairement à beaucoup d'actrices, elle ne succombait à aucune dépression pendant un tournage, ne discutait pas ses contrats chaque jour, acceptait les exigences du metteur en scène et servait le film plutôt que ses propres caprices. Ces qualités semblaient la condamner à une existence un peu terne, loin des feux de l'actualité et des journalistes en mal d'anecdotes croustillantes.

Cette année, pourtant, Carla Haverstock prenait un virage décisif.

Elle, que l'on comparait souvent à Ava Gardner, avait réussi une fantastique composition dans *La mort n'est pas une fin*, inspiré du roman d'Agatha Christie; dans une semaine débuterait le festival et, de l'avis des personnes autorisées, le premier prix d'interprétation ne pouvait lui échapper. Aucune autre actrice, dans les œuvres en compétition, n'atteignait une telle perfection dans l'art dramatique.

— Vous êtes ravissante, Carla, dit Kirk Formeroy avec chaleur.

— On jurerait que vous me voyez pour la première fois, Kirk.

— D'une certaine manière, ma chère, c'est peut-être vrai...

Monsieur Marcel, quoique blessé, admit en son for intérieur que Carla Haverstock, vêtue d'une simple tunique de mousseline formant un nœud sur l'épaule droite et laissant l'autre dénudée, resplendissait. Sur sa gorge délicate, une rivière de diamants navettes retenait un pendentif composé de diamants blancs et bleus. Boucles d'oreilles dorées avec perles, épingle d'argent dans les cheveux noirs et sac en passementerie au fermoir de jade étaient ses seuls ornements.

— Comment s'est déroulée votre entrevue avec la reine Élisabeth ? demanda Denis Murlay dont le smoking vert ne passait pas inaperçu.

— Désolée de ne pouvoir satisfaire votre curiosité.

— Pourquoi ce mutisme ?

Carla Haverstock se tourna vers Harvey Akin, vêtu d'un pantalon violet et d'une chemise largement ouverte sur un torse sportif.

— Votre prochain film avance-t-il ?

— Pas aussi vite que je le voudrais.

— C'est le propre des vrais artistes, apprécia Véra Drayer.

— Les vrais artistes, c'est moi qui m'en occupe, intervint Kirk Formeroy, crispé.

— Vous devriez ajuster votre nœud de cravate, recommanda Akin, ça fait négligé.

— Occupez-vous de vos affaires.

— Allons, messieurs ! Ces affrontements sont puérils, jugea Véra Drayer.

Henriette Villadou observa Hitchcock, le caniche de Carla Haverstock ; le petit chien ne quittait pas des yeux le buffet où trônaient d'appétissants canapés. Qui n'avait entendu parler de la gourmandise de Hitchcock ?

Monsieur Marcel n'y tint plus.

— Le comte n'arrive pas, constata-t-il ; moi, je projette.

Personne n'osa s'opposer au technicien ; l'attitude de Nicolas de Marie-Mort, il est vrai, était inexcusable.

— J'espère qu'il n'a pas eu d'accident, s'inquiéta Véra Drayer.

— Tout de même, un pareil retard ! déplora Kirk Formeroy.

— Je suis curieuse, avoua Carla Haverstock ; pourquoi suis-je l'invitée d'honneur de cette projection privée ?

— Je ne devrais pas vous le dire, bougonna Monsieur Marcel ; normalement, c'est au comte...

— Nous sommes tous un peu dans le secret, remarqua Henriette Villadou.

Kirk Formeroy devint onctueux.

— Ce n'est pas le comte qui a pris l'initiative de cette projection, ma chère Carla, c'est moi. Marie-Mort m'a permis d'utiliser sa somptueuse villa pour t'offrir ce petit cadeau avant que la profession te place au pinacle.

— Vous m'intriguez... Quel est ce grand secret ?

L'agent artistique sourit.

— Anita Guzman.

L'actrice pâlit.

— Ma mère ? Mais...

— Voilà plusieurs mois que j'accumule de petits morceaux de films que tu n'as jamais vus.

— La projection commence, annonça Monsieur Marcel.

Kirk Formeroy déploya un écran mobile et éteignit la lumière.

Apparurent des images en noir et blanc et... à l'envers! Fort irrité, Monsieur Marcel mit très vite fin à l'incident; Carla Haverstock put bientôt voir sa mère se promener au bord d'une plage, faire du vélo, essayer des chapeaux à large bord.

Le film cassa.

— Impensable! gémit le technicien. Je n'ai jamais eu autant d'ennuis!

L'œil sûr et le geste précis, il répara encore.

Anita Guzman, frêle et élégante, surgit de nouveau du néant. Soudain, alors qu'elle prenait le thé dans un jardin en compagnie de quelques amis, Carla cessa de sourire.

— C'est... c'est impossible!

L'actrice se rua vers la porte du grand salon; au passage, elle prit Hitchcock sous le bras. Quelques secondes plus tard, les hôtes du comte, pétrifiés, entendirent une voiture démarrer sur les chapeaux de roue.

— Qu'est-ce qui lui prend? s'étonna Kirk Formeroy.

Affreusement gênée, Henriette Villadou s'éclipsa; Monsieur Marcel ne tarda pas à l'imiter, bientôt suivi par Denis Murlay, Harvey Akin et Véra Drayer. Kirk Formeroy sortit le dernier de la magnifique villa du comte Nicolas de Marie-Mort.

⁂

Carla Haverstock roula à tombeau ouvert, malgré l'étroitesse de la petite route; après ce qu'elle avait vu, elle devait s'enivrer de vitesse et de l'air violent qui s'engouffrait dans l'habitacle aux vitres baissées.

Elle coupa les tournants, ralentit à peine dans les épingles à cheveux, oublia l'usage du frein.

Dans quel guet-apens était-elle tombée ? Pourquoi lui avoir tendu un piège aussi cruel ? Affolé, le caniche se tassait sur le siège avant. Comprenant qu'elle le traumatisait, Carla commençait à ralentir quand, à l'abord d'une courbe particulièrement dangereuse, un voyant rouge s'alluma. Prenant peur, elle quitta un instant la route des yeux, et perdit le contrôle du véhicule.

La voiture sortit de la route, passa entre deux pins, heurta violemment un roc et s'immobilisa au-dessus d'un précipice. Bien que la portière fût bloquée, l'actrice eut la certitude qu'elle pourrait sortir du véhicule avec son chien. Elle reprit son souffle, s'étonna d'être encore vivante, réconforta Hitchcock dont le cœur battait la chamade.

Lorsqu'elle tenta de bouger, Carla s'aperçut qu'elle devait avoir le bras gauche cassé et la cheville droite foulée. S'extraire de la carcasse métallique serait long et difficile. Si un véhicule passait sur la petite route, fort peu fréquentée, son conducteur lui viendrait certainement en aide.

De longues minutes s'écoulèrent. Elle décida d'effectuer une nouvelle tentative en se glissant par la fenêtre ouverte ; le caniche l'encouragea en aboyant.

Soudain, une flamme.

Une flamme qui grossit à une vitesse effrayante. Une flamme qui devint un brasier.

CHAPITRE II

Une semaine avant le début du festival de Cannes, quantité de hauts responsables des polices européennes s'étaient donné rendez-vous au bord de la Méditerranée. Qui pouvait échapper au progrès? Pourchasser les criminels exigeait de plus en plus de technicité. C'est pourquoi le superintendant Scott Marlow, qui croyait à l'avenir de l'informatique et de la police scientifique, était à la tête d'une délégation du Yard chargée d'étudier une nouvelle approche cinématographique du portrait-robot.

Chaque policier, pour entrer dans la salle de projection, devait porter un badge à son nom, donner un numéro secret et présenter une carte d'identité gravée d'une manière inimitable. Malgré toutes ces précautions, plusieurs journalistes, habitués à tromper la vigilance des cordons de sécurité, avaient réussi à s'introduire dans le saint des saints. Les Allemands suspectaient les Italiens d'avoir volontairement semé le trouble; les Français accusaient les Anglais qui battaient froid aux Belges.

Scott Marlow, policier intègre et consciencieux. déplorait ce mauvais climat qui retardait le début des débats scientifiques. Une fois de plus, il pensa que rien ne valait son bureau de Londres où il avait quasiment élu domicile, tant il consacrait de temps à l'étude des dossiers et aux tâches administratives. Affligé d'un embonpoint certain, plutôt lourdaud, mal fagoté, Scott Marlow n'attachait aucune importance à sa mise et ne songeait qu'à faire son métier d'une manière impeccable ; aussi toute perturbation de l'ordre le plongeait-il dans un désarroi réel.

Le superintendant n'était pas au bout de ses peines ; un planton lui apporta un message dont la lecture le fit frémir.

Un drame épouvantable venait de se produire ; d'autant plus épouvantable qu'il mettait en cause la Couronne britannique et risquait de déboucher sur un scandale aux proportions terrifiantes. Scott Marlow perdit pied. Seul en territoire étranger, comment parviendrait-il à traiter un dossier aussi délicat sans mécontenter les autorités françaises, tout en satisfaisant les exigences de Sa Gracieuse Majesté ?

Glissant la main dans la poche de son costume froissé, Marlow eut la joie de sentir le papier épais d'une carte postale qu'il avait eu la bonne idée de ne pas jeter. Son texte le réjouit :

Désolé de ne pouvoir répondre favorablement à votre invitation. Je dois séjourner quelque temps à Grasse pour une affaire de la plus haute importance. Bien cordialement, Higgins.

Certes, Marlow ne s'attendait pas à ce que l'ex-inspecteur-chef Higgins, considéré comme le meilleur nez du Yard, acceptât de se rendre à un symposium consacré à l'expansion d'une police scientifique à laquelle il ne croyait guère; mais, pour une fois, le hasard faisait bien les choses.

Grasse était une ville sublime, puisque fort proche de Cannes.

***

Avec méticulosité et méthode, le superintendant mena une enquête rapide. Il lui suffit de décrire Higgins à deux hôteliers, à un pharmacien et à un garde-champêtre pour retrouver sa trace : il passait son temps dans le laboratoire de parfums le plus secret de France.

Lorsque le superintendant s'y présenta, il fut aussitôt considéré comme suspect; le service d'ordre ne crut pas un instant qu'il appartenait à Scotland Yard et, sans une intervention de Higgins, Marlow aurait peut-être été malmené. L'ex-inspecteur-chef présenta son collègue au responsable de la sécurité, puis l'entraîna dans un parc privé où se reposaient les nez les plus fameux de la parfumerie française entre leurs difficiles séances de travail.

— Je n'irai pas par quatre chemins, mon cher Higgins, j'ai besoin de votre aide.

Plutôt trapu, de taille moyenne, les cheveux noirs et les tempes grisonnantes, la lèvre supérieure ornée d'une moustache poivre et sel aux poils admirablement lissés, Higgins avait une apparence débonnaire mais l'œil vif et malicieux. Né sous le signe du Chat, selon l'astrologie orientale, l'ex-inspecteur-chef, contrairement à beaucoup de membres de sa corporation, inspirait confiance et attirait les confidences. Bien qu'il fût promis aux plus hautes fonctions, Higgins avait pris une retraite anticipée afin de s'éloigner des turpitudes humaines et goûter, dans sa retraite du Gloucestershire, les plaisirs inépuisables de la lecture, de la tonte du gazon, de l'entretien des rosiers, des longues promenades solitaires dans la forêt et des entretiens au coin du feu avec Trafalgar, le chat siamois.

— Les circonstances sont très délicates, déplora Higgins, savez-vous où nous nous trouvons ? Une sorte de temple, inaccessible au profane. On m'a accordé le droit de séjourner ici quelques jours, dans le plus grand secret. Génévrier, jasmin, coriandre, hysope, vétyver, lavande, violette, lilas... voilà quelques-unes des merveilles que d'incomparables artistes utilisent pour créer les parfums les plus subtils. Or un dilemme agite certains spécialistes : comment trouver un intermédiaire entre la rose bulgare, très parfumée, et celle de mai, à l'arôme presque imperceptible ? Eh bien, mon cher Marlow, j'ai peut-être trouvé une solution : une nouvelle variété de roses, la « princesse du Nil ». N'est-ce pas une aventure extraordinaire ?

Scott Marlow ne partagea pas l'enthousiasme réfléchi de Higgins : trop de soucis l'accablaient.

— Sûrement, sûrement... Mais l'heure est grave, Higgins, presque désespérée...

L'ex-inspecteur-chef huma le mouchoir sur lequel avait été déposée une goutte d'essence, matrice d'un futur parfum. Connaissant le caractère indépendant, voire farouche, de son collègue, Marlow sentit que sa tâche serait particulièrement difficile.

— Avez-vous entendu parler de Carla Haverstock ?

— L'actrice ?

— Elle-même. Sa Majesté lui a accordé l'insigne honneur de la recevoir sur son yacht ; cette brillante cérémonie s'est malheureusement assez mal déroulée.

— Incompatibilité d'humeur ?

— Un dramatique incident. Sa Majesté portait une broche en or à l'effigie du pharaon égyptien Toutankhamon ; quand Carla Haverstock s'est inclinée devant elle, elle a un peu trop penché la tête et ses cheveux se sont accrochés dans la broche.

— Je ne nie pas l'ampleur du désastre, mon cher Marlow, mais je me demande si Scotland Yard est l'organisme le plus qualifié pour s'en occuper.

— Carla Haverstock est morte, Higgins.

— Dans quelles circonstances ?

— Accident de voiture. Enfin... peut-être.

— Déplorable.

— La réputation de la reine est en cause, Higgins ! La rumeur affirme déjà qu'elle a déclenché contre cette malheureuse la malédiction des pharaons. Il faut très vite prouver qu'il n'en est rien.

— Autrement dit, qu'il s'agit d'un crime.

— Mon Dieu... ce serait à la fois horrible et...

— Je ne peux vous être d'aucune utilité, superintendant.

— Carla Haverstock était anglaise ; la police française accepte la coopération du Yard pour éviter tout scandale.

— Enquête de routine.

— Mon intuition m'affirme le contraire.

Higgins fut intrigué ; le superintendant n'avait pas coutume d'utiliser cet argument-là. Considérant que la reine Élisabeth II était la plus belle femme du monde, il rêvait d'appartenir un jour au corps d'élite chargé de sa protection rapprochée ; encore fallait-il que sa carrière fût exempte de faux pas. Dès que l'honneur de Sa Gracieuse Majesté était menacé, Scott Marlow retrouvait l'ardeur des preux chevaliers.

— Cette affaire est plus mystérieuse qu'il n'y paraît, Higgins.

— Simple supposition, mon cher Marlow ; mes occupations ici m'interdisent de me divertir d'aucune façon.

Le superintendant était vaincu ; personne, à sa connaissance, n'était encore parvenu à faire revenir Higgins sur une décision.

— La voiture a brûlé, précisa-t-il ; ni Carla ni Hitchcock n'ont pu échapper au brasier. Deux morts, Higgins.

— Hitchcock ?

— Le chien de l'actrice... un caniche.

Higgins, bouleversé, fit face à Marlow.

— Je souhaite qu'il ne s'agisse que d'un accident... Si quelqu'un a été assez lâche pour tuer un chien, il n'échappera pas au châtiment.

CHAPITRE III

Les premiers Cannois avaient été les Oxybiens, peuplade farouche qui avait installé un comptoir de canoïs, c'est-à-dire de roseaux ou... de cannes. Ainsi était née l'une des villes les plus célèbres de la Côte d'Azur. De l'Aegitna du xe siècle, qui appartenait à l'abbaye de Lerins, soucieuse de fortifier l'endroit, il ne restait plus que le rocher primitif, celui du Suquet.

Higgins, en découvrant les rues de Cannes, songea à Stephen Liégeard mort à quatre-vingt-dix ans dans sa villa « Les Violettes ». L'inventeur de l'expression « Côte d'Azur », imprimée pour la première fois en 1887 dans un récit de voyage, avait choisi cette douce cité pour y passer une retraite heureuse. Ce Bourguignon, poète et sous-préfet à Carpentras, avait été le promoteur intellectuel de cette région de France où la lumière prenait tant de plaisir à jouer avec les pins et les rochers.

Comment ne pas songer au véritable fondateur de Cannes, Henry Peter Brougham, né en 1778 à Édimbourg, brillant avocat londonien, membre de la Chambre des communes à l'âge de trente-deux ans, lord Chancelier, et grand défenseur des libertés, qui avait lutté pour l'abolition de l'esclavage ? L'illustre personnage, trahi par ses propres amis, s'était retiré de la vie politique en 1834 afin de relire Horace et Virgile et voyager dans des pays ensoleillés. Lassé de l'ingratitude humaine et du temps maussade de l'Angleterre, il était parti pour l'Italie avec sa fille Éléonore ; une épidémie de choléra les obligea à séjourner dans une auberge du Suquet. Ils avaient l'intention de repartir le lendemain, mais la bouillabaisse et le climat leur plurent tant que lord Brougham demeura à Cannes jusqu'à sa mort, le 7 mai 1868.

Sur un terrain situé au pied de la Croix-des-Gardes, colline culminant à cent soixante-sept mètres d'altitude et couverte de trois cents hectares de pinède, lord Brougham avait fait édifier une grandiose villa de style italien, « le château Éléonore ». L'aristocrate ne s'était pas montré égoïste et avait signalé la beauté des lieux au général Taylor, à Sir Temple Leader, membre du Parlement, à Sir Thomas Robinson Woolfield qui, avec quelques autres compatriotes, étaient devenus de fervents Cannois. La petite cité de marins et de pêcheurs, jadis occupée par Charles-Quint et les Savoyards, s'était ornée de somptueuses demeures où la meilleure société britannique avait appris à pratiquer le farniente. Dès 1842, quarante familles anglaises habitaient la Bocca, devenue le « quartier britannique ». Châteaux, manoirs et villas furent bâtis sur les pentes ensoleillées, loin de la partie basse de la ville qui reçut le surnom quelque peu excessif de « petite Sibérie », et resta longtemps méprisée des riches touristes, amoureux de l'hiver cannois. Pendant le XIXe siècle, on se reçut beaucoup, on dîna, on dansa, on joua, on mourut de phtisie malgré la qualité de l'air, et l'on se suicida un peu. L'ombre de la mort fit injure au soleil méridional, comme elle venait de le faire en frappant une actrice et son malheureux caniche.

— À quoi songez-vous, Higgins? demanda Marlow, alors que leur taxi s'engageait sur l'artère qui menait à la Croisette déployant ses fastes entre le Palm-Beach à l'est et le casino municipal à l'ouest.

— Au passé, superintendant; on n'y songe jamais assez. Je n'aime guère les constructions modernes qui ne cessent de s'étendre comme une lèpre. En 1850, la Croisette n'était qu'un simple chemin en bord de mer et Cannes un coin de paradis; la construction de la voie ferrée permit à l'Europe entière de déferler, même s'il fallait vingt et une heures pour venir de Paris.

— On ne peut nier le progrès.

— Un jour ou l'autre, il le faudra bien, mon cher Marlow; sinon il dévorera l'humanité.

Higgins jeta un œil nostalgique au fantôme de l'ancienne Croisette, certes moins large et plus courte que la Promenade des Anglais, mais charmant balcon, agrémenté de palmiers et de fleurs, dominant la plage.

Le taxi s'arrêta devant un lampadaire. Un homme grand et mince, vêtu d'un costume saumon, s'avança vers le véhicule.

— Le commissaire Frémontier, révéla Marlow; méfiez-vous, il n'est pas commode.

Le policier français monta à l'avant. Le nez pincé,

les lèvres minces, le menton agressif, il passa aussitôt à l'assaut.

— La guerre de Cent Ans est officiellement terminée, messieurs, mais la paix est chose fragile. Que la victime soit anglaise...

— Les deux victimes, rectifia Higgins. Oublieriez-vous Hitchcock ?

Frémontier haussa les épaules.

— Que le Cannes moderne ait été fondé par lord Brougham, je n'en disconviens pas ; mais la situation a beaucoup évolué. La ville accueille aujourd'hui le monde entier ; je suis moi-même originaire de l'est de la France, en exil sur la Côte. Je déteste la mer ; les embruns m'abîment le caractère.

— Notre métier est un sacerdoce, rappela Higgins.

— J'ai demandé ma mutation et voilà que cette maudite affaire me tombe sur le dos, à une semaine de l'ouverture du festival ! Pas de vagues, exige la hiérarchie ; pas de vagues, ici, à Cannes ! Par moments, je me demande si cette planète ne perd pas la tête.

— La question ne manque pas d'intérêt, reconnut Higgins.

Le commissaire Frémontier se retourna, intrigué.

— Oui, sans doute... mais nous ne sommes pas ici pour philosopher. J'ai reçu des ordres, et je les exécute ; il en est de même pour vous.

— Pas exactement, précisa l'ex-inspecteur-chef ; en ce qui me concerne, je suis en voyage d'étude. Depuis que j'ai pris ma retraite, l'administration de Scotland Yard m'est quelque peu étrangère.

Scott Marlow toussota.

— C'est une figure de style, cher commissaire Frémontier; notre ami Higgins aime beaucoup plaisanter.

Le policier français regarda la route.

— On ne plaisante pas avec la police. J'ai beaucoup entendu parler de l'inspecteur Higgins et l'on m'a recommandé de coopérer avec vous afin de résoudre cette affaire au plus vite. Sachez bien que je le déplore. La police française n'a pas besoin du Yard pour débusquer un assassin. Mais diplomatie oblige... le festival ouvre dans quelques jours, la victime venait d'être reçue par la reine d'Angleterre... et il faut faire des miracles!

Marlow fut animé d'un immense espoir.

— Vous avez bien prononcé le mot « crime »?

Le commissaire Frémontier prit un temps de réflexion.

— Je vous emmène sur le terrain; pour moi, c'est une certitude. Vous me donnerez votre avis, puisqu'il faut coopérer.

Cannes apparut au superintendant comme une ville gaie et charmante; l'ombre protectrice de lord Brougham continuait à régner sur les collines où se nichaient encore quelques belles demeures. Le taxi emprunta une petite route qui partait vers l'arrière-pays.

Un meurtre! La reine était donc innocentée, Toutankhamon aussi, et la presse concentrerait ses feux sur l'enquête. Ne demeurait qu'une incertitude de taille : Higgins approuverait-il les conclusions du commissaire?

CHAPITRE IV

— Désirez-vous aller à la morgue ou vous contenterez-vous de photographies ? demanda Frémontier. Je vous préviens : le cadavre n'est pas beau à voir.

— *Les* cadavres, rectifia Higgins.

— Ah oui, le chien... il est aussi carbonisé que sa maîtresse.

— Les photos suffiront, dit le superintendant qui avait horreur de ce genre de spectacle.

Higgins ne formula pas d'objection. De fait, Carla Haverstock et son caniche avaient subi un véritable martyre.

— L'identification est-elle certaine ? interrogea l'ex-inspecteur-chef.

— La médaille du chien n'a pas entièrement fondu ; son nom et celui de sa maîtresse étaient encore suffisamment lisibles. Carla Haverstock portait de magnifiques bijoux et avait été prise en photo avant la réception sur le yacht royal ; les diamants, les boucles d'oreilles et l'épingle d'argent ont souffert mais sont identifiables.

Le commissaire Frémontier tendit un article de

journal à Higgins : l'actrice y apparaissait dans toute sa splendeur. Malgré son éclatante beauté, elle ne pouvait entièrement dissimuler une ombre de tristesse. Cette femme avait vécu des épreuves et ne parvenait pas à effacer toute trace de douleur dans son regard. À ses pieds, le caniche Hitchcock affichait une mine réjouie.

— Que savons-nous des événements ?

— L'accident a eu lieu dans une portion de route très dangereuse et peu fréquentée. C'est un paysan qui a vu une flamme très haute et a prévenu la gendarmerie. Quand les secours sont arrivés, le drame était consommé.

— Où résidait l'actrice ?

— Au Carlton.

— Elle ne rentrait donc pas chez elle.

— Sûrement pas.

— Des traces de freinage sur la route ?

— Aucune. La voiture a dévalé une pente abrupte, heurté des pins et des rochers et s'est écrasée dans une sorte de ravine. Dès que l'identification a été acquise, j'ai été averti... la diplomatie franco-britannique fut aussi rapide que moi.

— Vérifierez-vous quand même l'identité de la victime ?

— Pour qui me prenez-vous ? Plusieurs médecins légistes sont au travail. Ce n'est pas à moi qu'on fera le coup tordu de la substitution de cadavre.

— J'en suis persuadé.

L'atmosphère se rafraîchit nettement, malgré la persistance d'un beau soleil printanier. Selon les prévisions des chasseurs de papillons, le festival se déroulerait dans d'excellentes conditions météorologiques.

Le taxi stoppa au-dessus d'un précipice.

— J'ai préféré un véhicule anonyme, expliqua le commissaire : les journalistes sont à l'affût du moindre déplacement de la police. À propos, inspecteur Higgins...

— Oui, commissaire ?

— Pendant que je mène l'enquête visible, vous pourriez peut-être vous occuper de... de l'invisible ?

— Avec plaisir.

— Voici une carte officielle ; en raison de votre excellent français, vous n'éveillerez aucun soupçon chez les suspects que vous aurez à interroger.

— Je l'espère bien.

— Moi, pendant ce temps, j'amuserai la galerie ; il faut bien que quelqu'un se dévoue.

— Soyez assuré de ma sympathie.

— Autre chose... est-ce que vous pourriez faire vite, voire très vite ? Le crime est bien vu au cinéma, pendant la période du festival, mais fort peu apprécié dans la réalité.

— Le diable, c'est se hâter, affirme un proverbe médiéval.

— Eh bien, soyez un peu diabolique !

— Pourquoi êtes-vous certain qu'il s'agit d'un crime ?

— Venez ; je vais vous montrer.

Scott Marlow avait horreur de dévaler les pentes rocailleuses, au risque de se rompre le cou ; Higgins, satisfait de constater que l'arthrose de ses genoux le laissait en paix, témoigna d'une habileté réelle dans cet exercice. Sa récente cure de *Rhus toxicodendron* donnait de bons résultats.

Plusieurs techniciens examinaient les débris de la

voiture calcinée; l'un d'eux, un moustachu ventripotent, s'essuyait les mains avec un chiffon.

— Ce n'est pas clair, marmonna-t-il.

Le commissaire fit les présentations. Le mécanicien serra la main des deux policiers britanniques.

— Vos conclusions? demanda Frémontier.

— Trop tôt.

— Vous avez une idée?

— Je veux examiner cette carcasse dans mon atelier.

— Sabotage ou non?

— C'est ça qui me tracasse.

— D'ordinaire, vous êtes plus net! Oui ou non?

— Oui et non.

— Simulation de sabotage? proposa Higgins.

— Voilà mon problème; quand j'aurai ausculté ce tombeau métallique, je pourrai répondre.

— La preuve du crime? demanda Marlow, inquiet.

Frémontier eut un sourire satisfait.

— Ça, il fallait la trouver! Avec de l'ordre et de la méthode, j'y suis parvenu.

— Félicitations, approuva Higgins en sortant carnet noir et crayon taillé de manière artisanale.

Le commissaire haussa les sourcils.

— Ce sont vraiment vos instruments de travail?

— La mémoire est souvent mauvaise conseillère; mieux vaut confier les faits à ce carnet et laisser s'opérer une lente alchimie, hors de tout parti pris.

— Hmmm... moi, j'ai observé.

— Nous sommes tout ouïe, déclara Marlow, impatient.

— Voilà : le témoin a parlé d'une énorme

flamme. La carcasse porte les traces d'un violent incendie. Une évidence s'imposait : le réservoir était donc plein d'essence. Une sorte d'explosion avait dû se produire lorsque le véhicule avait terminé sa course folle.

— Logique, approuva Scott Marlow.

— Pas pour les techniciens, indiqua le commissaire. Ils ont pu établir que le voyant rouge annonçant une panne d'essence imminente s'était allumé et que le réservoir était presque vide.

Le superintendant fut troublé.

— Comment interprétez-vous cette constatation ?

— L'incendie n'est pas la conséquence de l'accident. Quelqu'un a suivi la voiture de la victime, ou bien s'en est approché et a mis le feu avec un engin incendiaire. Sans aucun doute, c'est un crime. Reste à établir la préméditation.

— Et à découvrir l'assassin, ajouta Higgins, pensif.

CHAPITRE V

Higgins eût préféré retourner à Grasse et s'occuper du parfum des roses ; mais comment oserait-il se présenter devant Trafalgar le siamois sans avoir cherché à identifier l'assassin d'un caniche plein de vie et d'une belle jeune femme aux yeux tristes ? Trafalgar s'entendait plutôt bien avec les chiens intelligents et correctement éduqués ; sans aller jusqu'à partager un repas, il pouvait soutenir une conversation de bon aloi. Comme il percevait le moindre frémissement de l'âme de Higgins, il saurait que ce dernier éprouverait des remords et il exigerait des explications. Dans ces conditions, l'ex-inspecteur-chef était contraint de s'engager dans une aventure dont il se serait bien passé.

Un détail l'intriguait. Les yeux de Carla Haverstock lui rappelaient quelqu'un, une femme à la fois très lointaine et presque familière. Ce n'était pas l'une des protagonistes d'une affaire criminelle, mais la figure brumeuse d'un passé inaccessible ; il lui faudrait éclaircir cette énigme qui avait peut-être un rapport quelconque avec le drame.

Plusieurs questions se posaient d'emblée : où

allait l'actrice ? Pourquoi roulait-elle si vite sur une route aussi dangereuse ? Pourquoi n'avait-elle pas freiné ? Il faudrait établir son emploi du temps, attendre d'éventuels témoignages spontanés, remonter une filière dont la longueur était inconnue, bref être patient. Or la date d'ouverture du festival ne pouvait être décalée et, avec sa cruauté et son insouciance habituelles, le monde était pressé de passer de la mort à la fête.

Le taxi s'arrêta devant le Carlton, au cœur de la Croisette ; terminé en 1913, peu de temps avant que le premier conflit mondial ne détruise l'Europe, le palace des palaces éclipsait le Martinez, sorti de terre en 1926, et le Palm-Beach apparu en 1929. Ses deux coupoles d'angle étaient, selon une rumeur persistante, l'incarnation monumentale des seins réputés de la Belle Otéro ; sa dentelle de pierre, que d'aucuns comparaient à la crème trop riche d'une pièce montée indigeste, était devenue célèbre dans le monde entier au lendemain de la Conférence de la Paix, en 1992 ; l'« empereur de Cannes » avait accueilli dans ses chambres, ses salons et sa salle à manger, Anglais, Américains, Italiens, Japonais, Grecs et autres étrangers, vite habitués à rouler en Rolls et en Bugatti, et à goûter les charmes de la cuisine française. Dans les larges couloirs feutrés étaient passées toutes les fortunes du monde, des têtes couronnées au roi de la charcuterie, M. Olida. Le seul danger du Carlton, en dépit de la surveillance du groom, était sa porte tournante où s'étaient coincées quelques robes ; mais ne fallait-il pas courir le risque pour mieux apprécier la vie de palace ?

Août 1931 avait marqué son apogée ; à cette date,

en effet, une révolution avait bouleversé la mentalité européenne et orienté le destin de la Côte d'Azur vers de nouveaux horizons. Après avoir longtemps estimé que seule la chaleur hivernale était supportable, les grands palaces avaient décidé par la suite de ne plus fermer l'été. Une nouvelle clientèle, avide de canicule, avait choisi le soleil et la mer chaude face à laquelle continuerait de trôner le Carlton.

— Vos chambres sont retenues, annonça le commissaire.

— J'aimerais loger ailleurs, annonça Higgins.

Frémontier sursauta.

— Vous n'appréciez pas le Carlton ?

— J'ai goûté le luxe d'une suite meublée en style Pompadour et pratiqué le tennis sur l'un des sept courts d'origine, révéla Higgins avec un sourire discret. Mais n'exigez-vous pas des résultats rapides ?

— Euh... oui.

— En ce cas, l'existence au Carlton serait trop lénifiante.

— Où résiderez-vous ?

— Ne vous en souciez pas, commissaire.

— Vous méfieriez-vous de la police française ?

— Moins vous en saurez, moins vous en révélerez aux journalistes ; n'est-ce pas préférable pour l'enquête ?

Vexé, Frémontier cherchait une repartie un peu vive lorsque son attention fut attirée par un attroupement bruyant sur le célèbre ponton qui desservait une plage ô combien privée. L'un des responsables du palace courut vers le commissaire au moment où il sortait du taxi.

— Vous tombez bien... une jeune personne fait du scandale ! Soyez aimable de nous en débarrasser au plus vite.

Préserver la tranquillité des palaces était l'une des tâches de la police cannoise ; aussi le commissaire s'acquitta-t-il de cette mission, persuadé qu'une starlette tentait de se faire remarquer.

Fendant la foule, un chameau s'avança sur la chaussée et bloqua la circulation ; juchée sur l'auguste quadrupède, une superbe jeune femme blonde, vêtue d'un manteau de vison, défiait le monde entier du haut de ses vingt ans.

— Veuillez descendre immédiatement, ordonna le commissaire.

— Pour quelle raison ?

— Trouble de l'ordre public.

— Et comme ça, je le rassure, votre ordre public ?

La jeune femme entrouvrit le manteau de vison. À l'évidence, elle n'était vêtue que d'un bikini dont le poids ne devait pas dépasser quelques grammes.

Rouge de colère et de confusion, le commissaire durcit le ton.

— Si vous ne descendez pas de ce chameau, je vous coffre tous les deux !

— Vous feriez mieux de vous occuper des affaires sérieuses.

— Pardon ?

— Vous m'avez parfaitement entendue. Carla a été assassinée et le coupable court toujours.

La déclaration sema un trouble certain dans l'assistance.

— Qui vous a parlé de ça ?

— Tout Cannes est déjà au courant; êtes-vous assez naïf pour croire que la disparition d'une vedette passera inaperçue?

Higgins s'approcha du commissaire et parla à voix basse.

— Mieux vaudrait calmer le jeu, mon cher collègue. Du haut de son chameau, cette jeune personne domine la situation.

Le policier français changea de stratégie.

— Auriez-vous des révélations à faire, mademoiselle?

Les yeux bleus de la starlette scintillèrent.

— Ce n'est pas impossible... mais je ne veux pas être victime de brutalités.

Higgins s'avança et flatta le cou du chameau.

— Consentiriez-vous à répondre à mes questions?

Elle regarda l'homme d'une cinquantaine d'années, vêtu d'un blazer bleu, d'une chemise jaune pâle armée d'un nœud papillon à pois rouges et verts, et d'un pantalon blanc au pli impeccable. Non seulement l'élégance personnifiée, mais aussi une bonhomie rassurante.

— Mon nom est Iris Reldick et je suis comédienne, révéla-t-elle de manière à être entendue d'une assistance de plus en plus nombreuse. Voudriez-vous m'aider à descendre?

Higgins lui offrit son bras.

Iris Reldick referma le manteau de vison et, très détendue, quitta son promontoire en envoyant des baisers à la foule.

— J'aimerais boire une coupe de champagne.

— La plage du Carlton vous conviendrait-elle?

— À merveille... mais en privé.

Higgins se tourna vers le commissaire.

— Je vous confie le chameau, mon cher collègue. Méfiez-vous, c'est un animal imprévisible.

CHAPITRE VI

Le champagne était correct, le ciel bleu et la chaleur encore supportable; comme la jeune femme était réellement assoiffée, le Carlton lui offrit un second verre avec l'espoir que, devenue vedette, elle continuerait à faire scandale sur le même ponton.

Scott Marlow, qui condamnait l'immoralité au nom des principes victoriens, responsables de la grandeur perdue de l'Empire, accepta néanmoins de s'asseoir à la table où l'impudique créature avait définitivement abandonné le manteau de fourrure pour s'exhiber dans une tenue inqualifiable.

— Je vous présente le superintendant Marlow, de Scotland Yard.

— Scotland Yard! Mais... mais c'est fabuleux! Les Anglais sont les maîtres des énigmes policières; ce sont eux qui commettent les plus beaux crimes.

— Si l'on veut, déplora Marlow, mal à l'aise.

— Vous enquêtez sur le meurtre de Carla? demanda la starlette, une lueur de curiosité passionnée dans le regard.

— Comme Mlle Haverstock était anglaise, nous

collaborons avec nos collègues français, précisa Higgins.

— Comment savez-vous qu'il s'agit d'un meurtre ? interrogea Marlow.

La starlette arbora une mine boudeuse.

— À vrai dire, je n'en sais rien ! Mais ce serait si romantique... Hier soir, Carla devait se rendre à un cocktail pour donner des conseils aux jeunes actrices présentes à Cannes. Nous l'avons attendue plus de deux heures. Quelqu'un a dit : « Ce n'est pas normal ; elle n'est jamais en retard. » Chacun a formulé sa petite hypothèse, de la maladie au décès subit en passant par l'assassinat. Moi, ça m'a plu. Vous vous appelez comment ?

— Higgins.

— De Scotland Yard, aussi ?

— Je le crains.

— Vous êtes drôlement élégant, dites donc... le chic anglais, c'est pas du chiqué !

Elle rit aux éclats, satisfaite d'une plaisanterie qui n'amusa pas Marlow.

— Le cinéma, ce n'est pas du chiqué non plus ; moi, c'est ma vie. Je veux devenir une vedette et je réussirai. Grâce au festival de Cannes, les vedettes ont remplacé les rois, les princes et les ducs ! Aujourd'hui, une star tient le monde entre ses mains.

— C'est hélas vrai, admit Higgins ; les stars ont remplacé les étoiles dans le cœur des hommes. L'invention des frères Lumière ne fut peut-être pas la meilleure de toutes.

— Comment osez-vous dire ça, inspecteur ? Je rêve de jouer dans une nouvelle version du premier film en technicolor, *Le Pirate noir*, avec Douglas Fairbanks.

— C'est tout de même *Robin des Bois* qui a consacré le procédé, précisa Higgins.

Iris Reldick considéra l'ex-inspecteur-chef avec une admiration certaine.

— Vous... vous connaissez bien le cinéma ?

— « Bien » est un mot excessif... Mais qui ne se souviendrait de la date du premier festival de Cannes : du 1er au 20 septembre 1939, sous la présidence de Louis Lumière ? Comme il n'avait pas les moyens de se payer une chambre d'hôtel, le directeur du Carlton lui offrit l'hospitalité. Une date bien mal choisie.

— Pourquoi ?

— La Seconde Guerre mondiale a remplacé le rêve.

— Oh ! j'avais oublié ! Les dates, l'histoire... ça m'ennuie. Vous y étiez, aux vrais débuts ?

— Un de mes amis m'en a parlé. Pour inaugurer le premier festival de Cannes, en septembre 1946, le ministre du Commerce et de l'Industrie a eu cette phrase célèbre : « Je déclare ouvert le festival de l'Agriculture. »

— Hollywood était au zénith, rappela la starlette d'une voix langoureuse ; Gregory Peck, Clark Gable... j'en rêve toutes les nuits. Mais...

Iris Reldick fixa Higgins de ses grands yeux bleus.

— N'avez-vous jamais tourné dans un film, inspecteur ?

— Pas à ma connaissance, mademoiselle.

— Un jour, avec votre physique, vous ferez du cinéma et vous serez une vedette ! Vous imaginez, un grand film avec vous et moi ? Nous descendrions le grand escalier sous les applaudissements, les flashes crépiteraient, nous donnerions une conférence de presse au Palm Beach, des fusées multicolores illumineraient le ciel, nous jouerions une fortune au casino, nous voguerions sur notre yacht... Mais comment parviendrai-je à porter une robe du soir sur la plage ?

Scott Marlow était abasourdi ; il se doutait que le milieu du spectacle était rempli de déséquilibrés, mais cette jolie blonde occupait certainement une place de premier plan.

— Connaissez-vous Carla Haverstock ? interrogea Higgins.

— Comme tout le monde.

— L'admiriez-vous ?

Les jolies lèvres dessinèrent une moue.

— Non.

— Pourquoi ?

— Trop austère, trop guindée... elle n'est pas naturelle. Il ne faut pas se laisser dévorer par ses rôles, mais s'imposer à eux. En fait, je la déteste... c'est même le genre d'actrice que je hais.

L'oreille du superintendant se dressa.

— Des raisons précises ?

Iris Reldick eut un geste de dépit.

— Les divergences artistiques, ça ne s'explique pas... Quand je la reverrai, je lui donnerai volontiers une gifle. Sa manière de jouer est une trahison.

— Carla Haverstock est morte, rappela Scott Marlow, indigné.

La jeune blonde haussa les épaules.

— C'est une plaisanterie ?

— Plaisanterie ? La malheureuse est réellement morte dans un accident de voiture.

Le visage de la starlette changea d'expression.

— Ce n'est pas possible... je m'amusais...

— Que savez-vous sur Carla ? demanda Higgins d'une voix douce.

— Je ne sais pas, moi, je ne sais plus... donnez-moi mon manteau, j'ai froid.

L'ex-inspecteur-chef ramassa la fourrure et la posa délicatement sur les épaules de la starlette ; Iris Reldick avait la chair de poule.

— C'est horrible, horrible ! Une actrice ne peut pas mourir comme ça, elle n'a pas le droit... même si je ne l'aimais pas, comment lui souhaiter une pareille fin ?

— Dans votre profession, indiqua Higgins, on s'épie beaucoup.

La starlette baissa les yeux.

— C'est vrai, inspecteur.

— Vous saviez, par conséquent, que la reine d'Angleterre avait accordé une audience à Carla Haverstock.

— Comment ne pas en être jalouse ? Toute actrice rêve d'un moment comme celui-là !

— Où est allée Carla après cette réception ?

— Des rumeurs... rien que des rumeurs ; les bruits ne cessent de courir, surtout à Cannes.

— Parlez, exigea Scott Marlow ; nous devons faire toute la lumière sur la mort de Carla Haverstock.

La starlette hésita.

— On m'a dit qu'elle était invitée chez le comte de Marie-Mort pour une projection... très spéciale. Le comte habite l'un des derniers palais de la ville, une incroyable demeure remplie d'objets inestimables... Comme il se passionne pour le spectacle, il accueille souvent des stars. Un jour, moi aussi, je serai invitée.

— Je vous le souhaite, dit Higgins, apaisant.

CHAPITRE VII

Qui voulait connaître le véritable cœur de Cannes devait se perdre dans les ruelles du Suquet, la colline que dominait une tour de guet d'où l'on découvrait les hauteurs rouges de l'Esterel, le port où dormaient quantité de bateaux, la pointe de la Croisette et, posées sur la mer, les îles de Sainte-Marguerite et de Saint-Honorat. Lorsque les pirates menaçaient Cannes, la population se réfugiait au sommet du Suquet, à l'abri de la tour, dans l'ancien *castrum*, camp fortifié qu'avaient édifié les moines, excellents connaisseurs de l'espèce humaine et de sa folie destructrice.

Ruelles, petites places et escaliers composaient une sorte de labyrinthe où des maisons aux façades colorées et aux toits rouges s'emboîtaient les unes dans les autres, le long de pentes raides qui aspiraient le passant vers le sommet du Suquet soixante-sept mètres plus haut. La sévère église Notre-Dame de l'Espérance, la tour et le musée de la Castre, qui abritait une collection d'objets provenant d'Égypte, de Perse et d'Afghanistan rassemblée par le baron Tinco Martinus Lycklama a Nijeholt, ornaient le faîte de la colline. Ils offraient au pèlerin un havre de paix dominant la cité moderne, livrée à des promoteurs immobiliers qui se souciaient comme d'une guigne de la beauté du paysage.

— Bientôt, mon cher Marlow, il ne restera plus aucun endroit préservé sur cette terre.

— Vous êtes bien pessimiste, Higgins.

— Simplement réaliste ; quand la planète ne supportera plus la prolifération anarchique de notre espèce, elle s'en débarrassera d'une manière ou d'une autre. Qui pourrait le lui reprocher ? Goûtez cette vision, superintendant ; regardez cette mer qui a baigné tant de civilisations. Demain, existera-t-elle encore ?

— Je suis confiant en l'avenir ; le progrès permettra de sauver les valeurs essentielles.

— Le ciel vous entende.

Au milieu de la rue du Suquet, une belle porte ancienne évoquait les temps passés. Un encadrement de pierre protégeait le bâti de chêne renforcé par d'énormes clous. L'ex-inspecteur-chef utilisa le heurtoir pour frapper cinq coups.

— Qui est là ?

— Higgins.

— Higgins ? Incroyable !

La porte s'ouvrit.

Apparut un personnage très âgé, à la barbe et aux cheveux blancs, vêtu d'une robe de moine serrée à la taille par une large ceinture de cuir.

— Par tous les saints du paradis, Higgins ! Jamais je n'aurais cru te revoir.

— Moi non plus.

Le moine examina Marlow d'un œil suspicieux.

— Qui est celui-là ?
— Le superintendant Marlow, de Scotland Yard.
— Honnête ?
— Honnête et rigoureux.
— En ce cas, qu'il entre.

Les deux policiers franchirent le seuil ; le moine les précéda dans un couloir très étroit qui débouchait dans une petite pièce carrée dont le centre était occupé par une table chargée de bouteilles de Bandol. Le moine en déboucha une et versa le vin à la robe somptueuse dans trois gobelets d'étain.

— Bienvenue chez moi, mes amis.

Scott Marlow vida son gobelet d'un trait.

— Fameux, reconnut-il.

— Il n'existe pas de meilleur moyen d'éclaircir l'esprit, affirma le moine. Qu'est-ce qui te ramène ici, Higgins ?

— Un crime.

— Ah... le monde s'acharne à devenir mauvais. On a tué de tout temps, reconnaissons-le ; c'est pourquoi je poursuivrai ma tâche. En as-tu parlé à ton collègue ?

— Je n'ai pas osé.

— Un superintendant du Yard devrait garder le secret.

Le moine ouvrit une porte de communication.

Marlow, éberlué, découvrit une immense cave voûtée où étaient soigneusement rangés des milliers de statuettes en bois.

— L'humanité s'est tellement enracinée dans le péché qu'il faut tenter de la sauver malgré elle ; ces statuettes travailleront dans l'au-delà pour les paresseux qui ont oublié de faire leur devoir sur terre.

Une goutte d'eau dans l'océan, je le reconnais, mais il ne faut jamais renoncer. Bien entendu, vos chambres sont prêtes ; tu auras une clé de la porte d'entrée et vous pourrez aller et venir à votre gré. Installez-vous dans la cuisine ; vous devez avoir faim.

Higgins et Marlow n'attendirent pas longtemps ; le moine leur servit des raviolis aux épinards nappés de jus de viande et des beignets de fleurs d'acacia arrosés, comme il se devait, de Bandol rouge.

— Je ne sors plus de cette maison, expliqua le moine. L'âge, les rhumatismes, la nécessité de me concentrer sur mon travail...

— Tu ne dois guère t'intéresser au festival du film ?

— Les bruits m'en parviennent ; au Suquet, tout se sait. La ville nouvelle s'agite, s'énerve et fait du bruit ; mais comment subsisterait-elle sans cette antique colline d'où l'on domine tout ?

— As-tu entendu parler d'une actrice nommée Carla Haverstock ?

— Vaguement ; un bon second rôle, si je ne m'abuse ?

— Elle est morte assassinée.

— Méthode utilisée ?

— Faux accident de voiture et incendie volontaire.

Le moine se gratta la barbe.

— Il y avait bien un spécialiste dans le coin, mais il est mort depuis cinq ans. Bien que les Anglais croient aux fantômes, je ne suivrais pas cette piste-là. Quant aux gangs encore en activité, je ne les vois pas s'impliquer dans une affaire de ce type. Cette Carla Haverstock avait-elle un vice caché ?

— Je l'ignore; mon enquête ne fait que commencer et je n'ai recueilli aucun témoignage sérieux.

— La loi du silence.

— Je le redoute.

— Tu ne la briseras pas facilement.

— J'en suis conscient.

Raviolis et beignets étaient excellents; Marlow n'hésita pas à se resservir.

— Les grandes réceptions, à Cannes... ont-elles encore lieu?

— Le temps des Anglais est bien fini.

— Ne reste-t-il pas un ou deux excentriques?

Le Bandol éclaircit l'esprit du moine.

— Le comte Nicolas de Marie-Mort, peut-être... il ose parfois donner des réceptions somptueuses dans son palais; mais il est de plus en plus désargenté. Les fêtes d'antan ont disparu, Higgins; ce monde moderne est devenu bien gris.

— Si tu voulais obtenir un renseignement confidentiel sur le monde du spectacle, à qui t'adresserais-tu?

— Sans hésitation, à Henriette Villadou. Enfin... j'y songerais et je renoncerais.

— Manque de charme?

— Au contraire. À cinquante ans, elle en paraît dix de moins et elle est plutôt mignonne; mais c'est une véritable sorcière qui distille le vrai et le faux avec un art tel que tu ne peux plus rien distinguer. Elle connaît toutes les vedettes, petites et grandes, car personne ne peut se passer d'elle; elle procure dans les meilleurs délais un whisky inconnu, un chauffeur de maître ou un savon aux plantes exotiques. À l'impossible elle est tenue et s'en débrouille avec une habileté incroyable. De plus, elle s'occupe des chiens des actrices lorsque ces dames sont occupées à parader.

— Caractère difficile ?

— Impossible. Henriette est une déportée ; elle est née à Marseille, n'aime pas beaucoup Cannes et déteste les Anglais.

CHAPITRE VIII

Higgins et Marlow n'eurent pas grande distance à parcourir ; ils passèrent devant une fontaine encadrée de citronniers et de mimosas, jetèrent un œil au n° 16 de la rue du Suquet dont la façade, annonçant l'existence d'un « culottier-retoucheur », était décorée d'une authentique paire de gros ciseaux, admirèrent, au n° 13, la porte d'un four de boulanger datant de 1925, et s'immobilisèrent devant une petite maison à deux étages aux volets verts, couverte de roses jaune clair et de géranium-lierre.

Higgins sonna. Une brunette pimpante, à l'œil très vif, lui ouvrit.

— Que désirez-vous ?

— Pourrais-je parler à Mlle Villadou ?

— Qui êtes-vous ?

— Inspecteur Higgins ; je vous présente le superintendant Marlow, de Scotland Yard.

— Vous êtes des acteurs ou de vrais policiers ?

— Des vrais.

Henriette Villadou examina les deux hommes de pied en cap. Affreusement gêné, Marlow se sentit déshabillé du regard.

— Je n'aime pas les Anglais, déclara-t-elle, mordante; s'ils n'avaient pas envahi la côte, nous aurions encore des collines intactes et des plages désertes.

— Je partage votre nostalgie.

La brunette entrouvrit davantage sa porte.

— Pourquoi la police anglaise vient-elle chez moi?

— Parce que vous savez tout.

Henriette Villadou sursauta.

— Tout... tout... qui est-ce qui raconte cette histoire?

— Vous êtes une célébrité cannoise, mademoiselle, et votre accent provençal est ravissant. Ne seriez-vous pas née à Sainte-Marthe, près de Marseille?

La brunette rosit.

— C'est vrai... comment...

— Sainte-Marthe était un charmant village où j'ai séjourné quelque temps; l'accent de ses habitants est un chant inimitable.

— Entrez, je vous prie.

L'intérieur de Henriette Villadou était feutré et délicieux; petits tapis aux tons pastel, aquarelles consacrées à Marseille et à Sainte-Marthe, meubles provençaux cirés à la perfection composaient un décor intimiste, hors du temps.

Sur la table de la salle à manger, plusieurs trousses remplies de médicaments.

— Le festival débute bientôt, expliqua-t-elle, les vedettes sont victimes de multiples petits malaises dont je dois m'occuper sur-le-champ. Quant aux insomnies et au stress, ce sont mes spécialités. Ces gens-là ont les nerfs très fragiles mais doivent toujours sembler en pleine forme. Asseyez-vous, messieurs ; un pastis ?

Scott Marlow apprécia la fraîcheur et le goût anisé de la boisson locale ; Higgins observa la petite femme aux gestes précis et au dynamisme étonnant. Vêtue d'une robe rouge à épaulettes, elle semblait animée d'une inaltérable jeunesse.

Le superintendant allongea le pied droit sous la table et heurta quelque chose de lourd qui fit un bruit métallique.

— Pardonnez-moi...

— Soyez sans inquiétude : c'est ma trousse à outils. Vous n'imaginez pas à quel point les comédiens sont maladroits ; ils cassent tout, certains jours, et exigent une réparation immédiate. Naturellement, on ne trouve ni plombier ni électricien, et l'on fait appel à moi.

— Vous êtes une vraie fée, constata Higgins.

La brunette rosit de nouveau.

— L'habitude et l'expérience... J'aime bien rendre service et voir les gens heureux.

— Vous appréciez les chiens, m'a-t-on dit.

— Ce sont des êtres merveilleux ; autant je déteste les enfants, autant j'aime les chiens. Les premiers sont bruyants et capricieux, les seconds fidèles et tendres. Les vedettes me confient leurs chiens, en effet, et je m'en occupe avec le plus grand soin. Je n'ai jamais eu le moindre accident et j'en suis fière ; avec moi, le plus difficile des chiens devient adorable.

— Hitchcock, par exemple ?

Le regard de la brunette se durcit.

— Qui vous a parlé de ce caniche?

— Il est mort brûlé dans l'accident de voiture qui a coûté la vie à Carla Haverstock; c'est pourquoi nous enquêtons.

— L'humanité ne respecte plus rien.

— Nous avons besoin de vous, mademoiselle, dit Higgins d'une voix douce; votre collaboration est même indispensable.

Henriette Villadou était visiblement en proie à un débat intérieur; l'ex-inspecteur-chef voulut lui éviter un mensonge.

— Nous ne comprenons pas le comportement de Carla Haverstock et tentons de reconstituer son emploi du temps; où s'est-elle rendue entre la réception donnée par la reine d'Angleterre et sa course folle sur une petite route de l'arrière-pays?

— Auriez-vous... une piste?

— Nous comptons interroger le comte Nicolas de Marie-Mort.

D'un revers de main incontrôlé, la brunette renversa son verre de pastis.

— Excellente idée.

— Pourquoi donc? demanda Marlow, incisif.

— Parce qu'elle se trouvait chez lui avant cet... cet accident.

Comme soulagée, Henriette Villadou se resservit à boire.

— Pourriez-vous être plus précise? interrogea Higgins, sur le ton de la confidence.

Elle avala sa salive.

— Le comte donnait une réception en l'honneur de Carla.

— Qui était invité?

— Monsieur Marcel, le meilleur projectionniste du cinéma français, moi-même pour veiller à satisfaire les désirs de la vedette, Kirk Formeroy, son agent artistique, Akin le cinéaste, l'assistante de production Véra Drayer et ce mécréant de Denis Murlay.

— Mécréant ?

— Je sais ce que je dis : ce monsieur est la honte de Cannes. Buveur, vulgaire, de mœurs douteuses, il parvient à se glisser dans la bonne société sans pouvoir effacer sa vraie nature. Il ne cessait de courtiser Carla.

— Était-elle... légère ?

— Carla ? Sûrement pas ! C'est l'actrice la plus sérieuse et la plus consciencieuse que j'aie connue. Compétente, professionnelle jusqu'au bout des ongles, elle méritait bien le grand bonheur qu'elle s'apprêtait à vivre.

— Lequel ?

— Vous n'êtes pas au courant ? Le premier prix d'interprétation féminine, voyons !

De son écriture fine et rapide, Higgins prenait de nombreuses notes sur son carnet noir.

— Ce n'est jamais une certitude, me semble-t-il.

— Sa prestation dans *La mort n'est pas une fin* était si exceptionnelle que personne ne pouvait la concurrencer.

— Que s'est-il passé pendant cette réception ? demanda Marlow.

— Le comte de Marie-Mort était en retard ; Monsieur Marcel, irrité, a commencé la projection consacrée à des souvenirs familiaux que Carla ne connaissait pas. Elle fut d'abord enchantée, puis s'est écriée : « C'est impossible ! », si j'ai bien entendu, avant de s'enfuir à toutes jambes.

— Quelle est l'image qui a déclenché cette réaction ?

— Je l'ignore, inspecteur; je donnais à manger au caniche et ne prêtais pas attention à la projection. D'ordinaire, les vedettes n'aiment pas les vieux chiens, malades et arthritiques; ils ne sont guère photogéniques. Hitchcock avait seize ans et se déplaçait avec difficulté; mais c'était son compagnon des mauvais jours et elle n'avait pas voulu s'en séparer au moment où la fortune commençait à lui sourire.

Higgins s'intéressa davantage à la victime; quelqu'un qui prenait soin d'un vieux chien fidèle méritait considération. Décidément, l'assassin devait être totalement dépourvu de cœur.

— Parmi les personnes présentes, quelqu'un a-t-il manifesté de l'animosité vis-à-vis de Hitchcock ?

— Non... je m'en serais aperçue.

— Connaissez-vous une starlette du nom d'Iris Reldick ?

— Une petite peste dépourvue de talent.

— S'est-elle heurtée à Carla ?

— Pas à ma connaissance. Elle en était férocement jalouse, mais c'est si courant, dans ce milieu... Comme nombre de ses collègues, Iris se sentait très supérieure à Carla et injustement négligée par les producteurs.

— Je vous dois un aveu, dit Higgins avec gravité.

— Un aveu... à moi ?

— Une personne de votre qualité doit être informée. Carla et Hitchcock ne sont pas morts dans un accident de la route; ils ont été assassinés.

Les traits de la brunette se figèrent.

— Les lâches, marmonna-t-elle, les immondes lâches... je suis persuadée qu'il s'agit d'un complot ! Ils étaient tous jaloux de son succès... Carla, prix d'interprétation ! Le travail et la patience récompensés... Impensable, bien sûr... Eh bien, allez-y inspecteur ! Donnez un grand coup de pied dans la fourmilière et identifiez les assassins.

CHAPITRE IX

Higgins proposa à Marlow d'aller à pied jusqu'à la demeure du comte de Marie-Mort dont Henriette Villadou avait indiqué l'emplacement. Peu enthousiaste, le superintendant fut contraint d'accepter, sachant que Higgins ne changerait pas d'avis. Le superintendant, peu confiant dans le climat français, n'avait pas quitté son imperméable froissé ; le soleil persistant lui faisait regretter la brume pluvieuse de la City et le confort moderne de son bureau du Yard où, en son absence, quantité de dossiers administratifs devaient s'accumuler.

L'ex-inspecteur-chef, en revanche, était satisfait de mettre à l'épreuve ses genoux et de constater que, s'il ne possédait plus tout à fait la forme du tennisman et du barreur qu'il avait été à Cambridge, il conservait une endurance certaine.

Les deux hommes grimpèrent l'avenue de la Californie, non loin de l'Observatoire de Cannes perché à deux cent trente-cinq mètres d'altitude. Dans un cadre idyllique, les demeures se cachaient dans la verdure et tentaient d'échapper aux agressions du modernisme qui, après avoir envahi la côte avec davantage de férocité que n'importe quel barbare, ne tarderaient pas à attaquer l'arrière-pays.

La villa de Marie-Mort ne passait pas inaperçue. Située au fond d'une impasse, elle était précédée d'un vaste jardin planté d'orangers et de citronniers. Une grille de fer forgé précédait un péristyle aux colonnes ioniques suivi d'un cloître roman que dominait une tour de château fort; celle-ci offrait une vue exceptionnelle sur la baie de Cannes, Golfe-Juan et Antibes. Chacune des fenêtres du palais baroque était encadrée d'ogives aux nervures polychromes. L'ensemble, où l'architecte avait mélangé les époques et les styles, traduisait une hallucination presque attendrissante.

Un valet en gilet jaune rayé et pantalon noir à bande argentée vint au-devant des deux hommes.

— Ces messieurs désirent?

— Voir le comte, répondit Marlow, martial.

— Ces messieurs ont-ils rendez-vous?

— Hélas! non.

— En ce cas, messieurs...

— Nous venons de loin : Scotland Yard. Dites au comte que nous nous occupons de l'affaire Haverstock.

Une dizaine de minutes plus tard, le valet ouvrit la grille.

— Si ces messieurs veulent me suivre... M. le comte les attend au salon de peinture.

Nicolas de Marie-Mort, lui non plus, ne passait pas inaperçu.

Âgé d'une soixantaine d'années, les cheveux blancs en partie cachés sous un chapeau texan, bronzé, les yeux dissimulés derrière des lunettes de soleil, il était vêtu d'un costume orange que rehaussaient une pochette citron et un nœud papillon violet bouffant à larges ailes. Au petit doigt de la main gauche, une énorme chevalière en or. Le comte fumait avec nonchalance le plus gros havane répertorié. Des boucles d'oreilles féminisaient son visage.

— Messieurs, à quoi dois-je l'honneur de cette visite inattendue ?

Marlow détesta la voix de fausset; il décida d'attaquer sans ménagement.

— Le meurtre de notre compatriote Carla Haverstock.

— Le meurtre... comme vous y allez !

— Nous allons droit au but, en effet; nous savons que la victime se trouvait chez vous avant de monter dans sa voiture et d'aller se perdre sur une petite route de montagne.

Le comte hocha la tête.

— Il faut dédramatiser la situation me semble-t-il. Vous boirez bien un peu de porto ?

Sans attendre la réponse de ses hôtes, Marie-Mort leur fit servir un grand cru millésimé. Higgins observa les tableaux, après avoir présenté le superintendant et s'être nommé.

— Ah, inspecteur, vous êtes un connaisseur, je le sens ! Que pensez-vous de ce magnifique portrait du baron Lycklama qui a passé une nuit dans cette maison ? Le voici en chevalier albanais, avec ses larges culottes, son gilet vert et sa ceinture rouge... superbe personnage, n'est-il pas vrai ? Savez-vous qu'il collectionnait les antiquités et organisait de fastueux bals costumés où les élégantes apparaissaient en prêtresses égyptiennes, en bergères grecques ou en favorites de Louis XV ? Ah, les bals costumés de Cannes ! À la grande époque, ils réunissaient plus de six cents personnes dans des demeures comme celle-ci. Elles composaient des tableaux vivants pendant que des biches s'ébattaient en liberté. La ville parlait anglais, russe, espagnol, allemand ; elle avait le sens du plaisir et de la fête, savait s'étourdir et oublier les laideurs de l'existence.

Un grand tableau, signé du général d'Alvimar, étonna l'ex-inspecteur-chef. Il représentait des féticheurs et des sorcières nues sur une place du Caire, en 1798 ; ils agitaient des serpents et tenaient en laisse un hippopotame agressif devant une foule médusée.

— Celui-là me fait peur, déclara le comte ; la semaine prochaine, je le donne au musée. J'ai horreur de la magie noire et des fantasmagories orientales. Notez bien que dans la production cinématographique, dont je suis l'un des fleurons, ce sont d'excellents artifices.

Marlow, qui n'aimait que la peinture victorienne où la morale triomphait, jugea bon d'interrompre ces épanchements artistiques.

— Est-ce bien vous qui aviez invité Carla Haverstock à une projection privée ?

— Pas du tout, superintendant ; Carla logeait ici, de même que son agent artistique, Kirk Formeroy. Il a sans doute voulu lui faire une petite surprise avant qu'elle ne reçoive son prix d'interprétation.

— Vous saviez donc qu'il y aurait une projection ?

— Bien entendu, mais j'en ignorais la nature.

— Cette ignorance motivait-elle votre absence ?

— Certes pas ! Un simple contretemps dû à une panne de voiture ; le carburateur de ma Studebaker était bouché. Je me suis arrêté chez mon garagiste qui pourra vous confirmer mes dires.

— Que savez-vous de la fin de Carla Haverstock ?

— Accident de voiture, m'a-t-on dit.

— Assassinat, rectifia Higgins.

— Je ne veux pas y croire.

— Conduisait-elle de manière imprudente ?

— Non... c'était une personne prudente.

— Il aura donc fallu une émotion considérable pour la perturber à ce point.

— C'est probable, en effet ; Carla était tout à fait maîtresse de ses nerfs, d'ordinaire.

— Soupçonnez-vous quelqu'un ? demanda Scott Marlow, presque agressif.

— Superintendant ! Comment osez-vous me poser cette question ? Le cinéma n'est pas un milieu d'assassins... sauf sur l'écran !

— Carla n'avait pas que des amis, suggéra Higgins.

— Dans ce milieu, inspecteur, vous n'avez que des amis lorsque vous êtes célèbre ! Carla allait franchir un échelon décisif.

— On l'aurait donc supprimée pour l'empêcher d'obtenir le prix d'interprétation.

Marie-Mort parut sceptique.

— Ce serait une grande première dans l'histoire du cinéma.

Higgins s'attarda sur un splendide tableau de Stork, daté de 1864, consacré au Suquet au coucher du soleil. Seuls existaient la tour et l'église, grandioses dans un paysage désert où un berger et son âne rentraient chez eux. Le peintre avait réussi à inclure la lumière du couchant dans sa toile avec un art étonnant du dosage des couleurs ; une paix profonde, née du mariage du ciel et de la mer, baignait cette vision à jamais disparue.

— Pourquoi des assassins s'acharnent-ils à détruire tant de beauté ?

Le comte adopta un ton gêné.

— En ce qui concerne la projection, vous devriez consulter Monsieur Marcel... c'est un technicien d'une parfaite compétence.

— Merci du conseil. M. Formeroy se trouve-t-il ici ?

— Il est sorti ; revenez donc ce soir, nous dînons ensemble.

— C'est entendu. À ce soir, monsieur le comte.

CHAPITRE X

Higgins et Marlow quittèrent le magnifique quartier des villes baroques où avait tant œuvré un curieux architecte, Laurent Vianay, petit-neveu de Jean-Baptiste Vianney, le curé d'Ars. L'orthographe « Vianay » provenait d'une erreur de l'employé de l'état-civil qui, par une anticipation remarquable, avait peut-être voulu occulter tout lien entre le valeureux curé, engagé dans un duel avec le diable, et l'artiste qui avait construit villas et palaces cannois en mélangeant les ordres grecs, le gothique, le rococo et le sulpicien.

Les deux policiers retournèrent au Suquet et grimpèrent à nouveau les grandes marches qui leur permirent d'accéder à la rue Forville ; la porte de la demeure de Monsieur Marcel était protégée par un figuier et une lanterne à l'ancienne.

Intrigué par les noms et qualités de ses visiteurs inattendus, le technicien consentit à leur ouvrir. Higgins et Marlow découvrirent un petit jardin intérieur où Monsieur Marcel prenait le frais en dégustant un pastis et en réparant une vieille caméra. Collée à sa lèvre inférieure, une cigarette roulée dans du papier maïs; vissée sur sa tête, une casquette.

— Qu'est-ce que Scotland Yard vient faire ici?

— Nous assumons notre part de responsabilité dans l'enquête sur l'assassinat de notre compatriote, Carla Haverstock, indiqua Marlow.

— Assassinat... c'est une certitude?

— C'est le mot juste.

— En ce cas, je consens à vous aider; j'aimais bien cette petite. Elle avait du talent et ne s'en vantait pas.

— Ne devait-elle pas obtenir le prix d'interprétation? suggéra Higgins.

L'œil du projectionniste devint suspicieux.

— Vous êtes bien renseigné... trop bien renseigné.

— Certainement pas, objecta l'ex-inspecteur-chef; il ne s'agit que d'un secret de Polichinelle, comme on dit en France.

Monsieur Marcel servit trois pastis bien tassés.

— Il y a du vrai... Je dois vous avouer que je ne fréquente pas les Anglais et que je déteste la police; jamais je n'ai collaboré avec elle.

— Merci de nous accueillir si aimablement.

— C'est pour Carla... elle ne méritait pas de mourir si jeune; comment ça s'est passé?

— On a incendié sa voiture après qu'elle fut sortie de la route, indiqua Scott Marlow.

La cigarette se décolla de la lèvre inférieure du projectionniste et tomba sur le gravier.

— C'est abominable... qui a été assez fou pour commettre un crime pareil?

— Nous le découvrirons si vous nous aidez.

Monsieur Marcel vida son verre, le remplit, écrasa la cigarette du talon et en confectionna une autre.

— À soixante ans passés, je croyais avoir tout vu... mais ça !

Le technicien semblait profondément ébranlé. L'ex-inspecteur-chef sortit son carnet noir.

— J'ai connu le muet, Garbo, Valentino, Feuillade, Musidora, j'ai été amoureux de dix actrices connues et inconnues, j'ai projeté autant de chefs-d'œuvre que de navets, j'ai travaillé jour et nuit pour monter des films et les avoir prêts pour le festival, je me suis battu avec des metteurs en scène incapables, je n'ai pas abîmé une bobine, j'ai assimilé toutes les techniques au fur et à mesure qu'elles naissaient, mais ça... ce crime de sauvage, je ne le digère pas !

— Aimez-vous les chiens ? demanda Higgins.

— Neutralité bienveillante, je suis trop égoïste pour en élever un.

— Vous savez sans doute que Carla Haverstock avait été reçue par la reine d'Angleterre ; où est-elle allée, ensuite ?

— Chez le comte de Marie-Mort, propriétaire de la dernière villa excentrique de Cannes.

— Vous avait-il mandé ?

— Pas lui, mais Kirk Formeroy, son agent artistique ; pour moi, c'était une pige comme une autre. J'avais à projeter un vieux film plus ou moins bien rafistolé, voilà tout. J'ai discuté le prix et on est tombés d'accord.

— Qui était invité à cette projection ?

— Outre Carla, Véra Drayer, une assistante de

production, Denis Murlay, une personnalité du Tout-Cannes, et un cinéaste, Akin. Marie-Mort aurait dû être là, mais il n'est pas venu. Ah, j'oubliais ! Il y avait aussi cette peste d'Henriette Villadou. Dès qu'une vedette se déplace, elle se trouve dans son sillage. Une véritable sangsue qui a su se rendre indispensable.

— Des incidents se sont-ils produits ?

— Ah ça, vous pouvez le dire ! Le film projeté à l'envers, une cassure... pour moi, des premières dont je me serais bien passé ! Fichue réception... elle partait vraiment mal.

— Avez-vous remarqué quelque chose d'anormal dans le comportement des invités ?

— Je ne m'occupais que de mon film et de mon appareil de projection... L'étonnant, c'est l'absence du comte. Nous étions chez lui, tout de même ! Je me demande si ce n'est pas lui qui avait invité Carla et monté toute cette combine.

— Dans quelle intention ?

— Je l'ignore... une intuition, rien de plus.

— Ce fameux film... vous l'avez bien projeté ?

— J'ai quand même réussi : question d'honneur !

— Comment a réagi Clara Haverstock ?

— Elle s'est enfuie comme une folle au milieu du film.

— Quel en était le sujet ?

— Sa mère, l'actrice Anita Guzman.

— Anita Guzman, répéta Higgins, songeur.

Depuis plusieurs années, l'ex-inspecteur-chef ne s'intéressait plus guère au cinéma ; le nom d'Anita Guzman lui rappela une période heureuse de son existence au cours de laquelle il avait beaucoup admiré cette grande et belle actrice, rivale oubliée de la Divine.

— Drôle de malédiction dans la famille, révéla le projectionniste. Anita est morte très jeune dans un accident de voiture ; sa fille n'avait que sept ans. À se demander s'il ne s'agissait pas déjà d'un assassinat... mais j'ai sans doute vu trop d'histoires idiotes.

— Son père appartenait-il aussi au milieu du spectacle ?

— Son père ? Inconnu. A-t-il seulement existé ?

— Parlez-nous davantage du film qui a provoqué la fuite de Carla.

— Des souvenirs familiaux sans grand intérêt... de vieux bouts de films tournés par des amateurs dépourvus de talent.

— Que montraient-ils ?

— Des scènes anodines... Anita Guzman se promenant au bord de la plage, Anita Guzman roulant à vélo, essayant un chapeau, marchant dans une rue.

— À quel moment sa fille s'est-elle enfuie ?

— Lorsqu'elle a vu sa mère prendre le thé avec quelques amis, dans un jardin.

— Film muet ?

— Oui, mais avec des inscriptions sous les images pour identifier les personnages et les lieux.

— Où se trouve le film, à présent ?

— Dans mon laboratoire ; je l'ai emporté, mécaniquement. Dès demain, je le rapporterai au comte

— N'en faites rien, je vous prie.

Monsieur Marcel regarda par en dessous.

— Vous le soupçonnez ?

— Simple mesure de précaution. Pourrions-nous voir le film ?

— Bien sûr, mais pas aujourd'hui ; je dois terminer un travail pour le festival. Ensuite, je le rendrai présentable. Demain, ça vous va ?

— C'est parfait. À demain, cher monsieur.

CHAPITRE XI

Monsieur Marcel ne s'était pas montré avare d'indications sur les multiples endroits où l'on pouvait trouver Denis Murlay, chantre des plaisirs cannois et organisateur de festivités en tous genres. Ils se rendirent d'abord au Palm Beach, le casino d'été fondé le 16 février 1928 à la pointe de la Croisette, sur la place du Masque-de-Fer, là où s'entraînaient les amateurs de tir aux pigeons. Dans ce lieu de rêve, prévu pour accueillir un restaurant, une piscine, un hammam, une salle des fêtes, des salons de jeux, et cent cabines de bain, Cannes affichait son goût du luxe et du spectacle.

Denis Murlay ne s'y trouvait pas; un des responsables du Palm Beach conseilla à Higgins et à Marlow d'aller jusqu'au billard du Cercle Nautique. Murlay venait de sortir du Yacht Club de Cannes qui conservait le souvenir des princes et des marquis présents lors de son inauguration, en octobre 1864, pour aller déjeuner sur son yacht, le *Toujours-Bleu*, ancré dans le vieux port, non loin du quai Saint-Pierre où les pêcheurs étendaient leurs filets.

Quand Higgins rappela à Marlow que le prince de

Galles en personne avait posé la première pierre de la contre-jetée, en 1898, le superintendant se sentit animé d'une nouvelle énergie. Cette ville française, malgré les mœurs dégradantes du festival, possédait un passé qui parlait en sa faveur.

Denis Murlay déjeunait sur son bateau en compagnie d'un jeune homme; l'un et l'autre n'étaient vêtus que d'un slip de bain imitant la peau de panthère.

Higgins, d'un pas sûr, s'engagea sur la passerelle qui conduisait au *Toujours-Bleu*; Marlow, qui souffrait déjà du mal de mer, progressa avec lenteur.

— À qui ai-je l'honneur? demanda Murlay.

— Inspecteur Higgins et superintendant Marlow de Scotland Yard.

Denis Murlay se leva et frappa dans ses mains.

— La police anglaise! Comme c'est amusant! Mon chou, tu nous laisses... ces messieurs et moi devons parler dans l'intimité.

Murlay donna une tape amicale sur le postérieur de son compagnon qui se jeta à l'eau et s'éloigna à la nage.

— Je vous invite à déjeuner, messieurs; quand il y en a pour deux, il y en a pour trois.

Denis Murlay avait un corps un peu flasque mais un visage ouvert et sympathique; la cinquantaine bronzée, il donnait l'image d'un pacha oriental qui usait et abusait de son charme naturel.

— Aujourd'hui, je fais maigre, et le menu est tout simple : soupe de poissons de roche, tomate, oignons, fenouil, sariette, laurier, ail et bœuf en daube aux petits lardons avec des cèpes. J'ai choisi un petit rosé local sans produits chimiques ni colorants. On boit tellement de cochonneries... moi, j'ai horreur d'avoir des migraines. Pas vous ?

Scott Marlow s'assit avec précaution sur un tabouret dont la stabilité lui parut douteuse. Il accepta un verre de rosé dont le fruité, gai et léger, lui permit de retrouver ses assises.

— Je parie que c'est la mort de cette pauvre Carla qui vous amène.

— L'information n'a pas encore été diffusée, rappela Higgins.

— Je n'ai besoin ni des journaux ni de la radio pour savoir ce qui se passe à Cannes ; les informations viennent vers moi par mille et un canaux. Dites-moi, inspecteur... on parle d'un meurtre ? C'est une plaisanterie, bien entendu !

— Hélas ! non.

— Carla assassinée ! Mais par qui ?

— C'est précisément ce que nous cherchons à savoir, d'autant plus qu'il existe une seconde victime.

— Qui donc ?

— Hitchcock.

— Le vieux caniche de Carla ? Elle aurait dû s'en débarrasser depuis longtemps. Une actrice de sa notoriété encombrée d'une pareille horreur... quelle faute de goût !

— Vous n'aimez pas les chiens, M. Murlay ?

— Je préfère les hommes ; ils sont tellement drôles ! Je suis le dernier maître des cérémonies de cette ville merveilleuse... les fêtes, les bals, les réceptions, les réveillons, les surprises ! Voilà mon lot quotidien. Si l'on ne s'amusait plus, à quoi servirait-il de vivre ?

Scott Marlow, tout en appréciant la soupe de poissons de roche, préparée avec un art consommé, déplora cette dérive des mœurs qui ne permettrait jamais à la France de bâtir un empire solide.

— Êtes-vous cannois d'origine? demanda Higgins.

— Mon père était irlandais. Il avait projeté de quitter Dublin pour gagner Calais en bateau mais il était tellement saoul qu'il a dérivé jusqu'ici ; la première personne qu'il a vue en descendant à terre était une blondinette de vingt ans qui allait vendre des fleurs sur le marché. Il lui a demandé sa main, elle a ri et accepté, ils m'ont conçu, mis au monde et sont partis pour la Nouvelle-Zélande. Je n'ai jamais eu d'autres nouvelles qu'une lettre me racontant cette histoire qui est probablement fausse. J'ai été élevé par les jésuites, puis par un garagiste et j'ai grimpé seul les échelons. Après avoir ouvert une pâtisserie de luxe, j'ai investi en Bourse avec succès. Voilà pourquoi j'ai pu acheter des bars et des boîtes de nuit afin de sauvegarder le sens de la fête.

— Faisiez-vous vous-même des gâteaux ?

— Ma charlotte aux fraises est la meilleure de toute la Côte. Honnêtement, ni la pâtisserie ni la mécanique n'ont de secrets pour moi. La médiocrité des garagistes actuels me révolte ; une voiture se bichonne, un moteur se caresse. Sinon, on court à la catastrophe et l'on abîme les plus belles machines.

Le *Toujours-Bleu* se balança au gré d'une petite vague venue s'échouer dans le port ; Marlow sentit son estomac remonter et fit appel au rosé de Provence pour rétablir son assiette.

Higgins consulta son carnet noir.

— Nous avons pu établir que Carla Haverstock avait assisté à une projection donnée en son honneur chez le comte de Marie-Mort et que vous y étiez présent.

— Naturellement ! Cette chère Carla allait être couronnée en obtenant le prix d'interprétation. Je ne voulais manquer aucune de ses apparitions.

— Qui vous avait invité ?

— Son agent artistique, Formeroy. Il attendait que je propage l'excellente réputation de sa protégée.

— Étiez-vous décidé à le faire ?

— Sans aucune arrière-pensée ; Carla méritait son succès, même si son agent ne me plaisait pas.

— Un différend ?

— Ce n'est pas mon genre ! Non, l'attitude de ce personnage manque de classe... je ne nie pas l'importance de l'argent, mais de là à en faire une idole ! Dans le milieu artistique, Formeroy n'est malheureusement pas une exception.

— Vous connaissiez tous les invités ?

— Bien sûr, inspecteur ! Le rigoureux Monsieur Marcel et la délicieuse Henriette Villadou sont des institutions qu'il faut ménager. Susceptibles, l'un et l'autre, mais indispensables ! Je n'en dirais pas autant de la jolie Véra Drayer. Bien difficile à situer, cette aguichante personne... elle s'introduit dans notre milieu comme un parasite. Si elle est astucieuse, elle fera son chemin.

— Vous ne parlez pas de M. Akin.

— Harvey ? C'est un excellent ami et un cinéaste génial. Son œuvre est encore peu abondante, mais il sera un jour couronné, lui aussi.

— La raison de sa présence à la réception ?

— Il aime rencontrer toutes les vedettes ; lorsqu'il se sentira prêt, il en choisira une.

— Le comte Nicolas de Marie-Mort est-il aussi l'un de vos amis ?

— Nicolas est un personnage merveilleux, complètement décadent et passéiste ; il ne comprend rien à notre siècle, et c'est bien ainsi. Son seul guide est sa passion pour le cinéma et la beauté. Il est le dernier vestige du Cannes brillant des siècles passés.

Le *Toujours-Bleu* étant à nouveau parfaitement stable, Marlow se sentit d'attaque.

— Donnez-nous votre version des faits.

Denis Murlay parut surpris.

— Je ne comprends pas.

— Comment s'est déroulée cette réception ?

— Mais... le plus normalement du monde ! Jusqu'au moment où Carla s'est enfuie.

— Pour quelle raison ?

— Incompréhensible ! Le petit film que projetait Monsieur Marcel n'avait vraiment rien d'effrayant.

— Son thème ?

— Des images plutôt médiocres montrant la mère de Carla, Anita Guzman, une actrice injustement oubliée.

— Vous ne pouvez donc donner aucune explication au comportement de Carla Haverstock ?

— Aucune, inspecteur. Ce crime... comment a-t-il été perpétré ?

— Les experts n'ont pas livré leurs conclusions.

Denis Murlay sembla contrarié.

— C'est mauvais, très mauvais pour la réputation de Cannes et les fêtes à venir ! Arrêtez rapidement le monstre qui n'appartient sûrement pas au milieu du spectacle.

— Connaissez-vous Iris Reldick ?

— La starlette ? Elle tente sa chance, cette petite, comme d'autres. Avant le début du festival, c'est le moment ou jamais.

— Douée ?

— L'avenir le dira.

— Pourriez-vous nous indiquer l'adresse de votre ami Akin ?

— Vous avez de la chance de vous adresser à moi ! Harvey est plutôt difficile à trouver ; il loge dans le dernier endroit où l'on irait chercher un cinéaste : le palais des Festivals.

CHAPITRE XII

Lorsque le maire de Cannes, Raymond Picaud, avait décidé d'édifier un palais des Festivals, il espérait bien que cette grandiose réalisation lui permettrait de remporter les élections d'octobre 1947, mais le peuple, une fois de plus, s'était montré bien ingrat. Bien que le palais fût construit, le maire — qui en avait été le père — avait été battu. Les architectes Gridaine et Nau, en dépit de la rapidité de leur travail, n'étaient pas parvenus à sauver la tête de Picaud.

En contemplant la façade couronnée d'une corniche au-dessus de laquelle flottaient des drapeaux, et admirant les longues baies vitrées surmontées de petites fenêtres, Higgins songeait à l'étonnant cahier des charges qui, en son temps, avait bouleversé le monde de la culture. Le palais devait accueillir le cinéma, la musique, la danse, la couture, la mode et les parfums ; salons de thé, bar américain, solarium, piscine, piste de danse, restaurant, salle de culture physique et chenil devaient entourer la salle de spectacle où les heureux élus « visionneraient » les films en compétition. Quant au décor, le cahier des charges l'évoquait en termes précis : « Des décorations allégoriques en peinture fluorescente représenteront les dieux de l'Olympe et les signes du zodiaque pour réaliser le triomphe de la technique moderne alliée à l'image de l'Art et du raffinement français. »

Après avoir grimpé les marches, Higgins et Marlow se présentèrent à un gardien qui leur indiqua le local occupé par Harvey Akin. « Local » était plus juste que « chambre », car le cinéaste résidait dans une pièce fermée, sans fenêtre et peinte en noir. Cheveux décoiffés, chemise ouverte, pantalon violet, allure athlétique et démarche agitée, Akin accueillit les deux policiers avec enthousiasme.

— Salut à vous, envoyés du monde ! Qui a osé vous révéler l'emplacement de ma retraite ?

— Votre ami Denis Murlay, répondit Scott Marlow.

— Ah ! trahison !

Akin croisa le médius sur l'index.

— Aidez-moi à conjurer le sort... sinon, la tempête déferlera sur la Croisette et balaiera ce palais pour laisser place à une horreur.

Si le visage du cinéaste ressemblait à celui d'un Adonis grec, le nez cassé lui ôtait beaucoup de charme et lui donnait le profil d'un boxeur fatigué.

Le superintendant, peu aimable, fit les présentations. Ce genre d'artiste fou, asocial et amoral lui déplaisait au plus haut point.

— Scotland Yard à Cannes ! C'est une grande première. Messieurs, vous me ravissez ; s'il existait une politique culturelle dans ce pays, vous seriez les vedettes du prochain festival. Combien de criminels seraient restés anonymes sans vous, combien de films policiers seraient restés inachevés !

— Nous enquêtons sur un meurtre, M. Akin.

— Nous sommes tous des assassins ; respirer l'oxygène, n'est-ce pas détruire ?

— Nous nous occupons d'un cas beaucoup plus douloureux : l'assassinat de Carla Haverstock.

Le cinéaste se gratta l'oreille gauche.

— Ce nom ne m'est pas inconnu...

— Vous l'avez rencontrée chez le comte de Marie-Mort, lors d'une projection privée, rappela Higgins d'une voix posée.

— C'est bien possible...

— Pourquoi cette hésitation ? s'étonna Marlow.

— J'avais un peu bu et je ne me souviens pas très bien de ce qui s'est passé.

— N'avez-vous pas assisté à la projection d'un film ?

Akin porta les deux mains à son front dans un geste de désespoir.

— Quelle abomination, quel déchet ! Dès la première image, j'ai su qu'il s'agissait d'une accumulation de laideurs et de banalités. J'ai aussitôt détourné le regard pour ne pas m'encombrer l'esprit de ces détritus.

— Avez-vous remarqué quelque chose d'anormal dans le comportement des personnes présentes ?

— Je ne m'intéresse pas à ces habitués des cocktails ; seule m'occupe la recherche de l'image parfaite.

— Vous êtes pourtant l'ami d'un homme très mondain, Denis Murlay.

— Ce cher Denis ! Il croit en moi et résout mes

problèmes d'intendance avec une bonté indéfectible. Sans lui, je serais à la rue. Quand la fortune viendra, je ne l'oublierai pas.

Higgins fit quelques pas dans l'antre du cinéaste. Elle était remplie de caméras diverses, de pellicules et de photographies consacrées aux sujets les plus divers : volcan en éruption, avalanche déboulant du sommet d'un pic himalayen, vague monstrueuse s'abattant sur une jetée, avion au décollage, poussin sortant de sa coquille.

— Vous aimez ?

— Vous avez le sens du grandiose.

— Non, inspecteur, de l'instant ! Tenez, regardez ça.

Harvey Akin brandit une photographie représentant une pomme en train de tomber d'un arbre.

— Voilà ce qu'il faut saisir : l'instant seul, l'instant pur ! Cette pomme, c'est l'univers entier qui vous saute à la gorge, le cosmos qui vous enveloppe de partout... Il faut sentir cette pomme dans la moindre de vos fibres, tomber avec elle, rebondir avec elle !

Le cinéaste déchira la photographie.

— Ce cliché est ignoble ; il ne mérite pas mieux. Demain, je recommencerai et je réussirai. Connaissez-vous mon court métrage sur l'odyssée du piano à queue ?

— Je n'ai pas cette chance, avoua Higgins.

— La trame est forte et simple : un piano à queue déménage. Dans le camion, il est mal attaché ; au fur et à mesure des cahots de la route, il glisse, glisse... peu à peu, il atteint l'arrière du véhicule. Et c'est là que j'interviens : je saisis l'instant où le piano à queue, tel un ange, est sorti du camion en s'envolant. Des heures et des heures de travail, des dizaines de répétition... seul un véritable artiste peut me comprendre. Le film de l'instant, inspecteur, c'est la vraie vie à condition qu'on saisisse le secret du temps qui va passer, qui est déjà absent alors qu'il est présent !

Excédé, Marlow commençait à souffrir de migraine.

— Dans l'instant présent, continua Akin, exalté, il y a tout, absolument tout !

Le superintendant ne comprenait pas pourquoi son collègue prenait des notes, comme s'il espérait extraire une indication de ce délire.

— Pourquoi avoir assisté à une projection privée ? demanda Higgins.

— Pour rencontrer une actrice, répondit le cinéaste ; j'en ai croisé des centaines, avec l'espoir qu'elles seraient capables d'incarner l'instant dans mon prochain film. À chaque fois, j'ai été déçu.

— Carla Haverstock n'a donc pas retenu votre intérêt.

— Hélas ! non. Je poursuivrai ma quête.

— Pourquoi a-t-elle quitté la réception ? demanda Marlow, irrité.

— Il m'a semblé la voir partir en courant... mais j'ignore la raison de cette fuite.

— Elle est morte assassinée, rappela Marlow. Cela ne vous impressionne pas ?

— Pourquoi être hypocrite ? Des milliers de gens meurent chaque jour et nous ne passons pas notre temps à pleurer. Je n'ai croisé cette actrice que quelques secondes. Pourquoi devrais-je être bouleversé ?

Higgins erra quelques secondes de plus dans le bric-à-brac du cinéaste.

— Avant de faire du cinéma, M. Akin, quelle profession exerciez-vous ?

— Aucune importance, inspecteur ; mon passé n'existe plus. Seul compte l'instant.

CHAPITRE XIII

Quelques pas sur la Croisette ne suffirent pas à calmer le superintendant Marlow. Indifférent au soleil, à l'air printanier et aux élégantes, il ne décolérait pas.

— Cet Akin est un fou, et probablement un fou dangereux ! Je le vois à merveille dans la peau d'un assassin... Nous devrions le filer jour et nuit jusqu'à ce qu'il commette une erreur fatale.

— Ce n'est plus de notre âge, mon cher Marlow.

— Éprouvez-vous au moins des soupçons ?

— Certes, j'en éprouve même beaucoup trop, depuis que nous rencontrons les protagonistes de cette affaire.

— Akin est dangereux, j'en suis sûr.

— Il n'est pas le seul ; il existe tant de manières d'assassiner les gens ou de les pousser vers la mort.

— Qui interrogeons-nous, à présent ?

Higgins consulta ses notes.

— Avant notre entrevue avec Kirk Formeroy, il nous reste Véra Drayer.

— Son adresse ?

— Un coup de téléphone au commissariat s'impose.

Higgins fut accueilli avec déférence ; le commissaire Frémontier avait donné des ordres.

Véra Drayer habitait dans la rue d'Antibes, la principale artère commerçante de Cannes, au-dessus d'une boutique de lingerie féminine. Une foule nombreuse et bruyante déambulait et léchait les vitrines.

Une belle jeune femme de trente-cinq ans, archétype de l'Allemande blonde, saine et musclée, fit entrer les deux policiers dans un coquet appartement de quatre pièces. Le salon croulait sous le poids des revues spécialisées consacrées au cinéma. Roses, mimosas et œillets rivalisaient de beauté dans une dizaine de grands vases.

Marlow, impressionné, réussit à faire correctement les présentations. Véra Drayer, très féminine dans un tailleur vert pâle à la veste largement échancrée, sembla ravie.

— Nous approchons de l'heure du thé, messieurs ; Chine ou Ceylan ?

— Nous devons nous conformer aux coutumes locales, intervint Higgins.

— Je n'aime pas le pastis ; un whisky écossais fera-t-il l'affaire ?

— Ce sera parfait.

Comment Higgins pouvait-il avouer qu'il était le seul sujet de Sa Gracieuse Majesté à détester le thé ? Par miracle, il avait réussi à préserver ce lourd secret.

— Scotland Yard à Cannes, observa-t-elle en versant le liquide ambré, c'est un véritable début de scénario. Qu'est-ce qui motive votre visite, messieurs ?

— L'assassinat de Carla Haverstock, répondit Scott Marlow.

Stupéfaite, Véra Drayer laissa tomber la bouteille : le whisky se répandit sur la moquette blanche. Pendant quelques secondes, le temps parut arrêté. Puis la jeune femme s'accroupit et arrêta l'inondation.

— C'est impossible... hier encore, je l'ai rencontrée à un cocktail chez un important producteur, le comte de Marie-Mort. Savez-vous qu'elle était largement favorite, à juste titre, pour le prochain prix d'interprétation ?

— Nous l'avons appris, indiqua Higgins ; vous ignorez donc les circonstances de sa mort ?

Une lueur d'affolement passa dans les yeux verts de Véra Drayer.

— Je n'en ai pas la moindre idée.

— Que s'est-il passé, pendant cette réception ?

— Marie-Mort m'avait invitée pour prendre contact avec Carla et envisager des projets.

— Avez-vous eu le temps de vous entretenir avec elle ?

— Quelques minutes seulement... elle était essoufflée et énervée.

— Pourquoi donc ?

— Elle sortait d'une audience que lui avait accordée la reine d'Angleterre ; en chemin, elle s'était aperçue que son réservoir était presque vide. Mais il n'y avait pas de station-service sur sa route, et elle n'avait pas voulu faire un détour ; Carla détestait être en retard. Comme le comte de Marie-Mort n'arrivait pas, le projectionniste a décidé d'envoyer le film.

— Son thème ?

— De petites scènes où l'on voyait la mère de Carla, une actrice dont j'ai oublié le nom. J'ai regardé le début, puis je me suis intéressée au caniche de Carla qui tentait d'attraper des canapés du bout de la langue en se dressant sur ses pattes arrière. Soudain, Carla a crié et elle s'est enfuie en courant. La réception a aussitôt tourné court... personne n'a osé rester, à l'exception de Kirk Formeroy qui habite chez le comte pendant la durée du festival.

— Comment expliquez-vous le comportement de Carla ?

— J'en suis incapable. Ce fut si inattendu, si bizarre... dans la profession, elle passait pour une femme pondérée, très sérieuse, dépourvue de ces caprices qui rendent nombre de comédiennes insupportables. Sa vie privée n'a fait l'objet d'aucun écho malveillant, et elle n'a été mêlée à aucun scandale.

— En quoi consiste votre travail ? demanda Higgins, paternel.

— Je suis une femme libre, répondit-elle avec un ravissant sourire. Aimez-vous Beethoven ?

— Plus ou moins ; il me paraît souvent un peu lourd. Mais les trois dernières sonates sont indéniablement des chefs-d'œuvre.

— Je travaille la trente-deuxième en ce moment ; souhaiteriez-vous entendre le début ?

— Avec joie.

Marlow, qui préférait la musique auguste du XVIIe siècle britannique ou les marches triomphales accompagnant l'armée des Indes, fut cependant ébloui par la virtuosité de la pianiste. À la fin de l'audition, il applaudit avec chaleur.

— Après cette merveille, dit Higgins avec douceur, puis-je reposer ma question et espérer une réponse plus précise ? demanda Higgins.

— Je suis vraiment une femme libre, inspecteur. Depuis mon adolescence, je parcours le monde ; je parle cinq langues couramment, et j'en comprends une dizaine d'autres. J'ai travaillé dans l'industrie, le commerce, le tourisme... pour le moment, c'est ma période « cinéma », un milieu amusant et cruel, où le talent le plus consommé côtoie la bassesse la plus sordide. Je récolte des contrats et les vends au comte de Marie-Mort dont le plus grand don consiste à entretenir ses relations.

— Le mépriseriez-vous ?

— Loin de moi ce sentiment ! Il est délicieux, bien élevé et correctement malhonnête, à l'ancienne mode ; il fait partie de cette race préhistorique de producteurs qui croyaient à une idée et s'engageaient à la fois de manière affective et professionnelle. Le comte présente un autre avantage notoire : il sait lire et écrire. Je peux lui parler de Chateaubriand, Homère ou Chaucer sans qu'il me demande leur numéro de téléphone ou le montant de leur compte en banque. Nous discutons chaque affaire et nous finissons par nous entendre, sans recourir à l'hystérie.

— Vous jugez sévèrement le milieu cinématographique.

— Faudrait-il que je fusse idiote !

— Pourquoi y demeurer, en ce cas ?

— Dès qu'il restreindra ma liberté, je le quitterai.

— Restez-vous en France quelque temps ?

— Jusqu'à la fin du festival ; ensuite, le Brésil.

Marie-Mort aimerait engager un superbe Noir pour tourner un *remake* de *Robin des Bois*. À mon tour de vous interroger : qui a tué Carla ?

— Nous le saurons, mademoiselle.

— Seriez-vous tenace, inspecteur ?

— Je le crains.

— Vous possédez déjà une piste, j'en suis sûre.

— Plusieurs pistes.

— Comment Kirk Formeroy vous a-t-il dépeint ses relations avec Carla ?

— Nous l'interrogerons ce soir.

— Il me dégoûte.

— Une raison précise ?

— Oui, répondit-elle, les yeux verts animés d'une flamme vengeresse. Lorsqu'il a su que Carla aurait le prix d'interprétation, il a exigé une modification de son contrat. Formeroy n'a rien fait pour améliorer la notoriété de l'actrice ; c'est elle, et elle seule, qui s'est imposée. À présent, il réclame néanmoins une grosse part du gâteau.

— A-t-elle refusé ?

— Je l'espère.

CHAPITRE XIV

Le comte Nicolas de Marie-Mort, en smoking grenat rehaussé d'un jabot de dentelle, accueillit avec chaleur les deux policiers.

— Heureux de vous revoir, messieurs ! Kirk Formeroy vous attend. J'ai pensé que nous pourrions discuter de manière plus agréable autour d'une bonne table, si ma présence ne vous importune pas.

— Bien sûr que non, répondit Higgins ; vous pourrez certainement nous aider.

Marie-Mort toussota.

— Suivez-moi, je vous prie.

La salle à manger, tendue de velours rouge, était ornée d'une cinquantaine de tableaux consacrés au Cannes du XIXe siècle et à ses nombreux palais.

Un géant mou d'une cinquantaine d'années se leva ; presque chauve, le front ridé, les lèvres grasses, il portait des lunettes à l'épaisse monture d'écaille et semblait très nerveux. Il marcha vers les policiers.

— Messieurs, enfin ! Je suis très heureux de vous rencontrer... j'étais toute la journée en rendez-vous ; à présent, je suis à vous. Nous devons identifier l'assassin de cette malheureuse Carla... un futur prix d'interprétation, vous rendez-vous compte? Quel désastre!

— Calmez-vous, recommanda le comte; avec l'appui de Scotland Yard, nous dissiperons les ténèbres.

Marie-Mort avait fait disposer des chandeliers qui dispensaient une lumière chaude et douce; Higgins et Marlow furent placés côte à côte, face à Kirk Formeroy et au comte de Marie-Mort.

— En hommage à l'Angleterre et au fondateur de Cannes, lord Brougham, j'ai fait composer son menu préféré, révéla le comte; j'espère que vous serez satisfaits.

Le maître d'hôtel servit un potage aux vrais légumes, dont le fumet réjouit le palais de Higgins. Kirk Formeroy garda le nez dans son assiette.

— Vous étiez bien l'agent artistique de Carla Haverstock?

— Oui, inspecteur.

— Depuis combien de temps?

— Longtemps.

— Aviez-vous soupçonné son talent?

— Oui... enfin, non. Elle avait joué des petits rôles quand je l'ai remarquée... C'était indispensable. Sans un professionnel comme moi, elle aurait végété. C'est bien votre avis, mon cher comte?

Nicolas de Marie-Mort hocha la tête d'une manière difficile à interpréter.

— Lord Brougham accompagnait son dîner préféré d'un verre de malaga et du meilleur porto; acceptez-vous de jouer le jeu?

Scott Marlow acquiesça.

— Vous avez donc toujours cru au talent de Carla, poursuivit Higgins.

— C'est évident ! Mais une artiste gère mal sa carrière ; sans agent, elle courait à la ruine. Grâce à ma vigilance, cette chère Carla n'a eu aucun souci matériel et a pu se consacrer à son art. C'est pourquoi j'ai tenu, à la veille de sa consécration officielle, à lui réserver une merveilleuse surprise.

On servit des rouges de la Méditerranée.

— Quelle fut votre formation, M. Formeroy ?

L'ex-inspecteur-chef crut qu'une arête s'était bloquée dans la gorge de l'agent artistique.

— Eh bien, elle fut... anarchique. J'ai été renvoyé de l'école à douze ans, et la rue fut mon meilleur professeur. Par bonheur, j'étais doué pour tous les jeux, de la roulette au poker, et j'ai vite réussi à bien gagner ma vie. J'avais la chance de plaire aux femmes ; l'une d'elles m'introduisit dans le monde du cinéma où j'ai fait mon chemin.

— Merci de votre sincérité.

— Oh ! c'est plutôt du bon sens... je connais la police. Quand elle veut savoir quelque chose, elle ouvre tous les placards et déterre tous les cadavres ; alors autant être honnête. La vie n'a pas été facile, autrefois ; ce que j'ai acquis, je ne veux pas le perdre.

— Et votre fameuse surprise ?

— Une belle idée, je vous jure ! Carla aimait passionnément sa mère, Anita Guzman, et m'en parlait souvent. Avec patience, j'ai grapillé çà et là des bouts de films où elle apparaissait ; j'étais persuadé que Carla serait folle de joie de découvrir ces moments qu'elle croyait à jamais perdus.

Une quinte de toux déchira la poitrine du comte.

— J'ai avalé de travers, expliqua-t-il ; pardonnez-moi.

Higgins prit des notes sur son carnet noir.

— Avez-vous parlé de cette « surprise » à quelqu'un ? interrogea l'ex-inspecteur-chef.

— Non, répondit l'agent artistique.

— Pas même au comte ?

— Pas même à lui.

— C'est exact, approuva Nicolas de Marie-Mort ; Kirk avait évoqué une projection, sans préciser sa nature.

— Anita Guzman est morte très jeune dans un accident de voiture, rappela Kirk Formeroy ; comme sa fille, elle avait été reçue par la reine d'Angleterre et se destinait à une brillante carrière.

— Voilà beaucoup de coïncidences, nota Scott Marlow.

— Le destin se répète souvent, remarqua le comte ; ses lois nous échappent.

— Avez-vous vu le film entièrement monté ? demanda Higgins à l'agent artistique.

— Non, inspecteur ; j'ai identifié les morceaux les uns après les autres et laissé à Monsieur Marcel le soin de préparer un travail présentable. Le cadeau était destiné à Carla, pas à moi.

Côtelettes aux pommes et ailes de poulet succédèrent aux rougets ; Higgins mangeait lentement, Marlow appréciait la qualité des mets, Formeroy et le comte manquaient d'appétit.

— Comment Carla a-t-elle réagi ?

— Au début du film, elle fut ravie et charmée... nous l'avons tous laissée à sa joie. Après tout, ces images lui appartenaient et nous n'avions pas à lui voler son passé. Soudain, elle a crié quelque chose comme : « C'est impossible ! », et elle s'est enfuie en courant.

— Quelle est votre explication ?

— Je n'en ai aucune.

— Où se trouve ce film ? demanda le comte.

— Marcel a dû le garder, suggéra Formeroy.

— Exact, dit Higgins.

— Vous devriez l'examiner de près pour tenter de comprendre la panique de Carla, proposa l'agent artistique.

— C'est bien notre intention.

Avec un peu d'avance, le maître d'hôtel apporta le dessert préféré de lord Brougham, un pudding au riz.

— La future récompense de Carla vous réjouissait au plus haut point, M. Formeroy ?

— Évidemment, inspecteur.

— Le couronnement artistique n'était sans doute pas le seul motif, avança Higgins, soudain sévère.

— Je ne comprends pas...

— Grâce au prix d'interprétation, Carla Haverstock allait devenir une vedette de premier plan.

— Sûrement...

— Elle aurait donc « valu » beaucoup plus cher, comme on dit aujourd'hui, et votre pourcentage aurait dû être réévalué. N'avez-vous pas abordé cette délicate question avec elle ?

L'agent artistique vida d'un trait son verre de porto ; ses rides se creusèrent.

— C'était nécessaire... la carrière de Carla et la mienne étaient liées pour le meilleur comme pour le pire.

— Expression malheureuse, jugea l'ex-inspecteur-chef ; elle est morte et vous êtes vivant. Je suppose que l'actrice ne vous a pas répondu de manière favorable.

— Il s'agissait d'une première négociation... nous aurions certainement trouvé un terrain d'entente.

— Supposons, M. Formeroy, que vous soyez toujours joueur ; ce genre de vice se perd rarement. Supposons aussi que vous ayez beaucoup joué et beaucoup perdu ; cette mauvaise passe vous contraignait à emprunter des sommes importantes. Le futur succès de Carla Haverstock dégageait un peu l'horizon ; en vous payant davantage, elle aurait comblé votre gouffre financier. Malheureusement, elle a refusé net.

— Invention pure !

— Je dispose d'un témoignage.

— Je refuse d'entendre davantage.

Le géant se leva et sortit de la salle à manger.

CHAPITRE XV

— Je suis désolé, dit le comte de Marie-Mort; d'ordinaire, Kirk est un garçon charmant. Ce type de réaction ne lui ressemble pas.

— Lorsqu'on a la conscience chargée, observa Marlow, on réagit souvent de manière bizarre.

— Vous n'allez quand même pas imaginer...

— Nous n'imaginons rien; les faits sont les faits.

— Précisément, ils ne sont pas établis ! L'inspecteur Higgins ne formulait que des hypothèses.

— Nous vérifierons. M. Formeroy a probablement joué dans l'un des casinos de la Côte; il doit être un personnage connu et aisément identifiable.

Le comte ôta ses lunettes de soleil.

— Ne vous donnez pas tant de peine, superintendant : Kirk Formeroy est joueur, c'est entendu. Il a beaucoup perdu ces derniers temps, et Carla Haverstock a refusé d'augmenter son pourcentage La scène s'est déroulée dans cette salle à manger.

— De quelle manière ?

— Animée.

— Formeroy s'est donc montré violent ?

— Non, inspecteur ! C'est Carla qui a manifesté

beaucoup d'animosité. Les demandes de son agent lui ont paru exorbitantes et fort mal venues.

— Son refus fut donc définitif.

— Sans doute, mais cela ne fait pas de Kirk un suspect sérieux !

Higgins ne répondit pas.

— Votre menu de gala était remarquable, monsieur le comte ; lord Brougham savait vivre. Depuis combien de temps connaissiez-vous Carla et son agent ?

— Deux ans ; je leur ai proposé de loger dans cette grande demeure, car ils m'étaient fort sympathiques.

— Pourriez-vous nous montrer la chambre de Carla ?

— Suivez-moi.

Le comte guida les deux policiers ; l'actrice résidait dans une suite du premier étage. Les meubles Louis XV, authentiques, affichaient une élégance un peu froide.

— J'aimerais rester seul, dit Higgins.

Marlow et le comte se retirèrent.

L'ex-inspecteur-chef demeura longtemps immobile, occupé à respirer l'atmosphère d'un lieu où une jolie femme de trente-cinq ans, promise au succès et à la gloire, avait vécu ses dernières heures de paix et d'espérance. Dans ces murs, ces fauteuils, ces canapés, étaient conservés de petits secrets, des pensées intimes que seuls une oreille et un œil attentifs pouvaient percevoir.

C'était la première rencontre de Higgins avec Carla Haverstock. L'actrice avait peuplé son domaine d'une bonne centaine de photographies, consacrées à son enfance, à ses parents, à sa carrière et à ses principaux rôles costumés ou non. Higgins s'attarda sur les souvenirs de certains films, les portraits en pied d'une mère à la beauté juvénile et le visage d'un homme mince, élégant et portant une fine moustache et des favoris taillés avec art; à côté du cou, enserré dans un col glacé, une main tremblante avait écrit le mot « papa ».

Comment ne pas être ému par cette existence morcelée en images défuntes? Oubliant le temps, l'ex-inspecteur-chef s'imprégna d'une personnalité assassinée qui demeurait pourtant présente à travers ces visions quasi-immatérielles.

Dans l'air flottait encore le parfum de l'actrice, à base de santal; Higgins eut le sentiment qu'elle était là, toute proche, prête à jouer un ultime rôle où elle exprimerait toute la tendresse d'une âme blessée. Meurtrie dans l'âme... voilà le drame qu'avait vécu Carla Haverstock. Elle avait fui cette demeure, fui le monde, fui sa propre existence. Accident et suicide... l'assassin avait-il espéré que les policiers se fourvoieraient à ce point? Une enquête superficielle aurait pu les conduire à ces conclusions.

Étrange meurtre, en vérité.

Étrange, parce que Carla n'attirait ni la haine ni l'envie. Certes, Higgins venait de croiser les chemins d'une belle brochette de truqueurs et de menteurs; mais rien ne prouvait que l'un d'eux fût allé jusqu'au meurtre.

Higgins fit à nouveau le tour de la suite, réexamina les photographies, interrogea le silence; il grapilla la moindre trace de l'actrice disparue sans forger la moindre théorie. Il lui fallait travailler comme un vieil alchimiste, ne pas être l'esclave d'idées préconçues, laisser les matériaux s'accumuler dans l'athanor et attendre que la lumière naisse d'elle-même pour transformer le plomb du mensonge en or de la vérité.

Quand Higgins emprunta l'escalier qui conduisait au rez-de-chaussée, il trouva Marlow endormi dans un profond fauteuil; il réveilla doucement son collègue.

— Ah, Higgins... vous avez été long! Le comte est parti se coucher.

— Nous allons l'imiter; une nuit de repos s'impose.

La soirée était assez fraîche; les policiers marchèrent vite, en direction du Suquet.

Le moine les attendait avec un rhum au miel de Provence et une étrange statuette.

— C'est le baron Lycklama a Nijeholt qui l'a rapportée d'Orient, expliqua le moine; celle-là, elle n'ira pas croupir dans un musée. Je m'en sers pour faire des incantations et interroger l'invisible.

Par moments, Marlow appréciait l'hospitalité française.

— T'a-t-il répondu? demanda Higgins.

— Ce soir, panne de communication, avoua le moine. Mais je ne désespère pas; moi aussi, je veux savoir qui a tué cette pauvre fille. Une âme d'assassin qui rôde dans une ville, ce n'est pas bon.

— Il te faut une meilleure connaissance du dossier, estima Higgins; l'invisible est très pointilleux sur la précision de la documentation.

Scott Marlow était éberlué; voilà qu'Higgins se servait d'une tête de bélier égyptien pour mener une enquête ! Le superintendant désapprouvait tout à fait ce type d'investigation qui ne reposait sur aucune base scientifique sérieuse.

Higgins posa le carnet noir sur la table et l'ouvrit à la page où il avait dressé deux tableaux que découvrirent Marlow et le moine.

PERSONNES PRÉSENTES À LA PROJECTION :
Monsieur Marcel, projectionniste
Kirk Formeroy, agent artistique
Denis Murlay, propriétaire de bars
Henriette Villadou
Harvey Akin, cinéaste
Véra Drayer, assistante de production

PERSONNES ABSENTES LORS DE LA PROJECTION :
Comte Nicolas de Marie-Mort, producteur
Iris Reldick, starlette

— Ce n'est pas complet, critiqua Marlow ; vous n'avez pas précisé les fonctions d'Henriette Villadou et avez omis les autres occupations de Murlay.

Higgins montra à son collègue les pages où figuraient ces indications.

— Manquent aussi les deux noms principaux : Carla Harverstock et Hitchcock, ajouta-t-il. Mais ces deux tableaux sont destinés à éclaircir la réflexion ; le coupable — ou les coupables — figurent dans cette liste.

— Pourquoi avoir mentionné Iris Reldick? s'étonna le superintendant. Elle ne peut être liée au crime d'aucune manière.

— Elle nous a parlé de Carla qu'elle détestait ; je ne crois guère au hasard, mon cher Marlow. Si elle a croisé notre route, c'est pour une raison précise qu'il nous faudra découvrir.

— Indicatrice?

— À sa façon, probablement.

— Le film doit donner la clé de l'énigme, estima Scott Marlow.

— Peut-être.

— Pourquoi n'avoir pas exigé de le voir immédiatement?

— Parce que je me méfie de Monsieur Marcel ; il est susceptible, rusé, déteste la police et les Anglais. Si nous le heurtons, il est capable de détruire le film... par accident.

— Vous noircissez la situation !

— Je l'espère, superintendant, mais n'oubliez pas qu'il y a déjà deux victimes.

CHAPITRE XVI

Dans l'*Ode au petit matin*, la poétesse J. B. Harrenlittlewoodrof, que de très sérieux critiques littéraires considéraient comme un futur prix Nobel, chantait avec délicatesse la magie du réveil :

Ô doux parfum du café fort,
Fines volutes de la fumée odorante,
Vous me faites aborder au port
Des premières fleurs dolentes.

Le moine avait préparé un solide petit déjeuner : pur arabica, œufs sur le plat, toasts, confitures de fraises et d'amandes et un petit verre d'alcool de framboise pour la digestion. Higgins, prudent, offrit le sien à Marlow ; il devait préserver son foie de toute agression directe, en prévision d'une difficile journée.

Le printemps cannois demeurait clément ; fort satisfait de l'état de ses genoux, l'ex-inspecteur-chef contraignit son collègue à une nouvelle marche à pied jusqu'au commissariat.

Le commissaire Frémontier, le nez toujours aussi

pincé et les lèvres toujours aussi minces, évita les salutations d'usage pour entrer dans le vif du sujet.

— Nous tenons la presse pour quelque temps, annonça-t-il ; l'« accident » de Carla Haverstock sera officiel dans les journaux de demain. Ensuite, j'aurai du mal à empêcher les fouineurs de progresser... tant que le prochain festival occupe la une, nous sommes sauvés ! Par bonheur, une grève de la SNCF est prévue pour après-demain ; elle retiendra l'attention. Après... je ne réponds plus de rien. Avez-vous avancé ?

— Nous connaissons les faits, répondit Higgins. Lors d'une projection privée où elle vit des images inédites consacrées à sa mère, Anita Guzman, Carla Haverstock a été bouleversée par une scène.

— Laquelle ?

— Nous l'ignorons encore.

— Aucun témoin n'a pu donner de précisions ?

— Aucun.

— Bizarre.

— Tout finira par s'expliquer, commissaire.

— Ensuite ?

— Carla Haverstock s'est enfuie, est montée dans sa voiture et a roulé vers la mort. Voici une liste de suspects.

Higgins remit à Frémontier les huit noms des personnes impliquées dans l'affaire.

— Comment s'est terminée la réception ?

— Dans la confusion ; les invités se sont dispersés.

— Autrement dit, conclut Frémontier, n'importe lequel a pu suivre Carla, assister à la sortie de route et mettre le feu à la voiture accidentée.

Higgins approuva.

— De mon côté, messieurs, je dispose d'informations nouvelles et précises ; nos spécialistes ont bien travaillé. L'examen de la carcasse a prouvé le sabotage ; on a donné un coup de scie sur la barre de direction. Tôt ou tard, la conductrice devait perdre le contrôle du véhicule.

L'ex-inspecteur-chef nota les déclarations du commissaire.

— L'autopsie a révélé que le choc n'a pas été mortel ; l'actrice aurait pu s'en tirer.

— Atroce, commenta Marlow. Elle aurait donc été brûlée vive ?

— Exact.

Les trois hommes gardèrent le silence un long moment ; choqués, ils eurent la sensation de revivre le drame abominable au cours duquel la jeune femme et son chien avaient perdu la vie.

— Je veux l'assassin, dit Frémontier.

— Nous aussi, répliqua Higgins. L'âme de cette malheureuse doit reposer en paix, de même que celle de Hitchcock.

— À votre avis, inspecteur, l'assassin a-t-il tout organisé avec une minutie diabolique ?

— C'est l'une des possibilités... Mais n'y a-t-il qu'un assassin ?

— Complicités ?

— Je pense que les mensonges s'entrecroisent.

— Volontairement ?

— C'est l'un des problèmes majeurs à résoudre.

— Comment procéderez-vous ?

— Je mettrai ma stratégie au point après avoir vu le film.

Frémontier sembla embarrassé.

— Je dois vous avertir que, dans votre liste de suspects, il y a bon nombre de personnalités cannoises de premier plan.

— Que dois-je comprendre ?

— En temps normal, je devrais vous interdire de les importuner ; vous auriez beaucoup d'ennuis et moi aussi. Cette fois, c'est différent. Ce crime est trop horrible ; j'irai jusqu'au bout, quelle que soit la vérité. Vous avez carte blanche, messieurs, et je vous couvre.

Higgins était ému.

— Vous avez beaucoup de courage, commissaire.

— Non... Je suis plutôt lâche, de nature ; c'est pourquoi je suis devenu fonctionnaire. La sécurité de l'emploi, vous comprenez... mais là, je n'accepte pas ! Personne n'a le droit d'être aussi cruel.

Pour la première fois de son existence, le superintendant éprouva une franche sympathie pour un Français ; à sa place, il n'aurait pas réagi autrement. Marlow n'avait jamais compris ni même admis le crime ; il estimait que les avocats étaient, bien souvent, les pires ennemis de la justice en empêchant la loi de frapper les assassins.

— Ne prenez aucun risque, commissaire, conseilla Higgins.

— Et vous ?

— Moi ? C'est différent. Je suis retraité, rien de grave ne peut m'arriver.

— L'assassin est d'une cruauté sans pareille ; soyez prudent.

Higgins, pensif, referma son carnet noir.

— Un jour, commissaire, il faudra bien que ce

soit la dernière enquête. La mort n'est-elle pas la meilleure et la plus douce amie de l'homme, comme l'écrivait Mozart ? À propos, êtes-vous certain qu'il s'agit bien du cadavre de Carla Haverstock ?

— J'aurais dû commencer par là : pas le moindre doute. Toutes les vérifications concordent. La dentition est très caractéristique, et nous avons pu contacter le praticien qui l'a soignée récemment.

— Les dés sont jetés.

CHAPITRE XVII

Marlow était impatient d'interroger Denis Murlay : sur le pont de son bateau, le *Toujours-Bleu*, le jeune homme blond était revenu. Il avait échangé son maillot « peau de panthère » contre une combinaison rose, largement échancrée dans le dos. Murlay s'était absenté pour prendre un verre au bar du Carlton.

Aux abords du palace, un attroupement empêcha les deux policiers d'aller plus loin. Ils s'adressèrent à l'un des gendarmes qui tentaient de contenir la foule et de rétablir l'ordre.

— Que s'est-il passé ?

— Encore une folie de starlette ! Celle-là dépasse les bornes... elle est entrée à cheval dans le hall du Carlton, à peine habillée d'une tunique d'amazone qui laissait un sein nu. Vous imaginez le scandale... plus d'une centaine de photographes se sont bousculés pour immortaliser la scène. Le directeur du palace a refusé. Je crois que ça se calme, heureusement.

Iris Reldick apparut, radieuse, sous les acclamations d'un public très favorable. Quelqu'un avait jeté une veste d'homme sur ses épaules pour masquer ses charmes.

— Inspecteur ! On jurerait que nos destins sont condamnés à se croiser.

— Les voies du ciel sont impénétrables, mademoiselle.

— Toujours du travail ?

— Je le redoute.

— Ne devriez-vous pas profiter du soleil et de la mer ?

— Dès que ma tâche sera terminée, je m'accorderai quelques heures de méditation face à la Méditerranée.

Les photographes accoururent de nouveau ; à qui la starlette accordait-elle une interview exclusive ?

— Il est préférable de nous séparer, jugea l'ex-inspecteur-chef.

— À plus tard.

— Qui sait ?

Iris Reldick se débarrassa de la veste et, d'un pas léger, courut vers la plage du Carlton, suivie d'une meute admirative.

Un homme vint se placer entre Marlow et Higgins.

— Drôle de nature, cette petite ; elle est née pour le spectacle.

— M. Murlay, dit Higgins, quelle bonne surprise ! Nous désirions vous rencontrer.

— Ah ! Encore des questions à me poser ?

— De graves questions, confirma Scott Marlow, sévère.

Le maître des cérémonies cannoises ne put dissimuler son inquiétude.

— Graves... graves... à ce point-là?

— À ce point-là.

— Marchons un peu, proposa Higgins; la Croisette n'est pas encore trop encombrée.

Tout de blanc vêtu, fleurant bon le parfum, Denis Murlay salua au passage quelques élégantes heureuses de le croiser.

— La thèse de l'assassinat est confirmée, révéla Scott Marlow.

— C'est désastreux... Mais en quoi suis-je concerné?

— Vous allez comprendre, M. Murlay. La voiture de Carla Haverstock a été sabotée.

Le trio passa devant l'un des palmiers plantés en 1846; une armée de jardiniers prenait soin de ces arbres venus d'Orient et des massifs de fleurs qui faisaient l'orgueil de la cité.

— Sabotée?

— Vous m'avez bien compris. Quelqu'un a scié la barre de direction.

— En ce cas, le véhicule était incontrôlable! Carla s'en serait aperçue immédiatement.

— Il s'agissait d'un petit coup de scie.

— Alors, ça ne suffisait pas pour provoquer un accident.

— Ce n'est pas l'avis des spécialistes... Mais vous semblez être un technicien de première force.

— Je vous ai dit que j'avais été mécanicien et que j'aimais les voitures.

— Merci de le souligner; la coïncidence ne vous paraît-elle pas étrange?

Blême, Denis Murlay s'arrêta. Il repoussa d'un revers de main un petit vendeur de glaces.

— Qu'est-ce que vous sous-entendez ?

— Un sabotage, un mécanicien sur la liste des suspects... à ma place, que concluriez-vous ?

Denis Murlay, l'index droit sur la tempe, se tourna vers Higgins.

— Il perd la boule, votre collègue ! Arrêtez-le sans tarder et renvoyez-le en Angleterre ! Non mais, qu'est-ce qu'il imagine ? On va où, comme ça ? Je ne marche pas dans la combine, moi ! On veut me mettre quoi sur le dos ?

— Deux meurtres, dit Higgins avec calme.

— Quoi ? Mais vous divaguez, vous aussi ! Vous savez qui c'est, Denis Murlay ! Sans lui, Cannes n'existe pas ! Je connais le préfet, le maire, le commissaire, je connais tout le monde ici ! En dix minutes, je peux vous faire expulser !

— Vous feriez bien de baisser le ton, recommanda Higgins.

— Pourquoi ? Je suis chez moi !

— Deux meurtres abominables, M. Murlay : voilà pourquoi aucune relation ne jouera. La vérité sera établie.

— Et alors ? Je n'ai rien à craindre, moi !

— Je l'espère pour vous.

— Qui oserait m'accuser ?

— Avouez qu'il existe une certaine logique dans notre démarche et que ce sabotage fait de vous un suspect tout désigné.

— Au contraire ! Ça m'innocente complètement.

— Expliquez-vous, exigea Marlow.

— Un coup de scie sur une barre de direction... un pauvre travail d'amateur ! Si j'avais voulu saboter une voiture, je m'y serais pris autrement et vos fameux spécialistes n'y auraient vu que du feu. Votre coupable ne possédait que des connaissances très rudimentaires, et il s'est contenté de l'opération la plus simple, mais facile à déceler.

L'argument impressionna le superintendant; la démonstration de Murlay ne manquait pas de force.

— Cherchez ailleurs, messieurs; pourquoi aurais-je supprimé cette pauvre fille? Elle ne me gênait en rien; au contraire, elle aurait été la vedette toute désignée de la saison. J'avais prévu pour elle mille et une festivités plus brillantes les unes que les autres. Convaincus?

Bougon, Marlow regarda le ciel.

— Nous réfléchirons, M. Murlay.

CHAPITRE XVIII

Denis Murlay s'éloigna. À peine avait-il fait un pas qu'une dame empanachée et emperruquée l'aborda avec force gestes démonstratifs ; les deux policiers abandonnèrent le séducteur à son admiratrice et poursuivirent leur chemin.

— Il a résisté au premier assaut, dit Marlow, mais il ne tiendra pas longtemps. Je connais bien ce genre de personnage : hâbleur, sûr de lui, mais seulement en apparence. Quand nous reviendrons à l'attaque, il commencera à douter et finira par avouer.

— Vous êtes convaincu de sa culpabilité.

— Pourquoi nier l'évidence et chercher des complications ? Les faits parlent d'eux-mêmes.

— Vous sembliez pourtant ébranlé par sa démonstration.

— À la réflexion, n'est-ce pas une astuce suprême ? Le professionnel fait semblant d'avoir effectué un travail d'amateur afin de mieux nous égarer. Son explication était vraiment toute prête !

— Intéressant, reconnut Higgins. Reste le mobile.

— Sur ce point, je ne vois pas ; les véritables liens entre la victime et Murlay nous échappent encore. Lorsque nous les connaîtrons, nous serons près de la solution.

— Qui avait intérêt à tuer Carla Haverstock ? Voilà la question à laquelle nous devons répondre.

— On a préparé sa mort en lui faisant voir ce film ; Murlay a peut-être bénéficié de complicités.

— J'ai songé à une autre solution : Carla n'a-t-elle pas été assassinée parce qu'elle avait vu ce qu'elle ne devait pas voir ?

Marlow fut troublé.

— Soit il y avait préméditation, soit un malheureux concours de circonstances... Tant que nous n'aurons pas examiné ce maudit film, nous pataugerons !

— Monsieur Marcel semble détenir une clé majeure.

— Pourquoi a-t-il gardé le film au lieu de le laisser à l'agent artistique de Carla ?

— Réflexe professionnel, je suppose ; dans la confusion, il a sauvé ce qui lui paraissait être le plus précieux.

Après avoir dégusté une bière blonde dans un petit café au pied du Suquet, les deux hommes empruntèrent les grandes marches et remontèrent la rue Forville jusqu'à la demeure de Monsieur Marcel. L'endroit était calme ; quelques touristes photographiaient les maisons pittoresques et les façades fleuries.

Le projectionniste tarda à ouvrir.

— Vous, messieurs... je ne sais pas si...

Monsieur Marcel, éternellement coiffé d'une

vieille casquette à carreaux, éprouvait quelque difficulté à s'exprimer.

— Nous venons voir le film, déclara sèchement Scott Marlow.

Le projectionniste tenta de refermer la porte ; le superintendant s'interposa.

— Que signifie cette attitude ?

— Je suis chez moi... je n'ai pas d'explication à fournir.

— Je crains que si, précisa Higgins, affable ; nous devons voir ce film.

— Je suis désolé... pas aujourd'hui.

Le superintendant durcit le ton.

— Nous avons patienté ; il s'agit d'une pièce à conviction de première importance. Vous en étiez persuadé, puisque vous avez pris soin de l'emporter alors qu'il ne vous appartenait pas.

La remarque désarçonna le projectionniste.

— M'appartenir... tous les films m'appartiennent, d'une certaine manière. N'est-ce pas moi qui leur donne la vie ?

— Nous philosopherons plus tard. Laissez-nous entrer et donnez-nous ce document.

Marlow poussa la porte ; le projectionniste ne résista pas. Dans le petit jardin intérieur : un tuyau d'arrosage et des bacs remplis de géraniums.

— Je m'occupais des fleurs, expliqua-t-il.

— Vous semblez très nerveux, observa Higgins ; seriez-vous contrarié ?

Monsieur Marcel heurta un arrosoir et le renversa.

— Ça ne vous regarde pas.

— Nous ne désirons pas vous gêner, dit l'ex-inspecteur-chef avec bonhomie ; mais vous comprendrez que votre collaboration nous est tout à fait indispensable.

Le projectionniste baissa la tête.

— Ne pourriez-vous revenir... demain ?

— Je crains que non, déplora Higgins.

— Il faut que vous entriez dans mon atelier, n'est-ce pas ?

— Vous le savez bien.

Résigné, ressemblant à un guerrier vaincu et sans espoir, Monsieur Marcel les introduisit dans une pièce carrée, ceinturée d'étagères sur lesquelles étaient rangées des centaines de films. Chacun avait reçu un numéro d'ordre et une étiquette précisant le thème traité.

— Que de souvenirs... cette pièce est remplie d'images que même les professionnels ont oubliées. Mille visages de vedettes, de metteurs en scène, mille petites scènes du festival et autour de lui, des *rushes* rejetés par les monteurs... un monde, messieurs, un monde qui n'appartient qu'à moi. Quand je serai mort, où iront tous ces trésors ? On les entassera dans une réserve où ils pourriront. Personne ne s'intéresse au passé.

— Le film, rappela Scott Marlow, excédé.

Le projectionniste s'assit sur un tabouret.

— Je ne peux pas vous le montrer.

— Vous refusez ?

— Je ne refuse pas... je ne peux pas.

— Pour quelle raison ?

— On m'a volé ce film.

Marlow n'en crut pas ses oreilles.

— Quand cela s'est-il produit ?

— Cette nuit, je suppose... Je m'étais couché de

bonne heure et je dormais profondément quand j'ai cru entendre un bruit de verre cassé. J'aurais dû me lever, mais je n'en ai pas eu la force... je me suis persuadé qu'il s'agissait d'un cauchemar. Hélas, c'était la réalité. Dès que je me suis réveillé, une terrible angoisse m'a saisi ; je me suis précipité ici et j'ai vu les morceaux de la vitre.

— Où sont-ils ?

— Je les ai ramassés... j'ai horreur du désordre.

— La fenêtre ?

— Tirez le rideau, derrière vous.

Monsieur Marcel avait bouché le trou avec de grandes bandes de papier.

— J'ai prévenu le vitrier ; il passera dans l'après-midi.

— Vous auriez dû laisser les lieux en l'état, déplora Higgins. Que vous a-t-on volé ?

— Uniquement le film projeté chez Marie-Mort.

— L'aviez-vous numéroté et étiqueté ?

— Bien entendu.

— Il était donc facilement repérable.

— On ne m'a jamais rien volé, inspecteur... pourquoi me serais-je méfié ? Le Suquet est un quartier tranquille, tous ses habitants se connaissent... ce forfait n'a aucun sens.

— Oublieriez-vous qu'il est lié à deux crimes, Monsieur Marcel ?

CHAPITRE XIX

Un étrange cortège bloqua la circulation ; des comédiens et des metteurs en scène, aux accoutrements peu orthodoxes, promenaient un long cercueil blanc sur lequel était collée une banderole annonçant sans détour : « Le festival, c'est la mort du cinéma. »

— Les Français sont curieux, nota Marlow ; ils créent une grande manifestation artistique et se mobilisent aussitôt pour la détruire.

— Selon l'astrologie chinoise, la France est placée sous le signe du Coq. Le pays l'a d'ailleurs adopté comme emblème ; parfois, il chante victoire un peu trop tôt.

— Croyez-vous aux déclarations du projectionniste ?

— L'homme était affolé.

— À cause d'un simple vol ?

— Ce n'était pas un simple vol, superintendant ; s'il existe une certaine logique dans cette affaire, c'est l'assassin qui s'est emparé du film.

— Quelle autre solution envisagez-vous ?

Higgins ne répondit pas ; une voiture de police

s'arrêta à sa hauteur. En jaillit le commissaire Frémontier.

— Quelle chance ! Je n'espérais pas vous trouver si vite... Il faudrait me dire où vous logez, cela faciliterait notre collaboration.

L'ex-inspecteur-chef sourit.

— Comme si vous ne le saviez pas, commissaire.

Frémontier regarda ailleurs.

— Bon, d'accord... vous résidez chez le moine. Je comptais y passer si je ne vous avais pas trouvé en ville.

— Un nouveau drame ?

— Vous pouvez le dire ! Le comte de Marie-Mort vient de porter plainte contre X.

— Un vol ?

— Pis, une tentative de meurtre ! J'ai sa déposition, mais vous devriez l'interroger plus avant.

— Dans quel hôpital se trouve-t-il ?

— Malgré sa blessure à la tête, il a préféré rester chez lui.

— Nous y allons. Un détail, commissaire : quelqu'un a dérobé le film chez Monsieur Marcel.

Frémontier frappa sa paume gauche de son poing fermé.

— Bon sang ! Notre meilleur indice ! J'envoie une équipe de spécialistes pour relever la moindre trace.

— À mon avis, c'est inutile.

— Un professionnel ? Vous avez raison... inutile de perdre du temps. Plusieurs journalistes veulent me voir ; je retourne au bureau.

⁂

Le front bandé, le comte de Marie-Mort semblait très abattu. Drapé dans une robe de chambre de soie bleutée, il était à demi étendu sur un canapé vert qui avait appartenu à un émir.

— Merci de nous recevoir malgré votre état de santé.

— Je vous avoue, messieurs, que je ne me sens pas très bien ; la violence m'est si peu familière que je suis tout à fait démoralisé. Pour moi, les bagarres n'existaient qu'au cinéma.

Un valet à gilet rayé apporta une tisane de thym pour le comte et du porto pour les deux policiers.

— Quand avez-vous été agressé ? demanda Higgins en sortant son carnet noir.

— Il faisait doux, hier soir... j'ai l'habitude de faire une promenade dans le quartier. C'est un endroit très tranquille où l'on n'a jamais déploré le moindre incident ; pourquoi me serais-je inquiété ?

— Je vous comprends.

— Je traversais un endroit sombre, loin d'un lampadaire, lorsqu'une forme noire s'est précipitée sur moi.

— Homme ou femme ? interrogea Marlow.

— Je suis incapable de le dire... il faisait vraiment sombre et j'ai été attaqué par-derrière. De plus, mon agresseur s'était costumé en Fantômas.

— Avait-il une arme ?

— Oui, une paire de ciseaux ; en me débattant, de manière tout à fait anarchique, je l'ai obligé à les lâcher bien qu'il ait réussi à me blesser à la tempe. Je suppose qu'il voulait me les enfoncer dans la nuque...

— Comment vous êtes-vous défendu ? interrogea l'ex-inspecteur-chef.

— De manière anarchique, je vous le répète, j'ai eu si peur que j'ai remué dans tous les sens comme un animal acculé. J'ai eu beaucoup de chance.

— Votre agresseur a-t-il parlé ?

— Pas un mot.

— Un crime de sang-froid, prémédité... Aviez-vous reçu des menaces, monsieur le comte ?

— Aucune ; le milieu du cinéma est féroce, mais pas à ce point !

— Un problème se pose : a-t-on voulu vous impressionner ou vous supprimer ?

— D'après la violence de l'attaque, ce n'était pas une mise en scène !

Higgins fit les cent pas dans le salon.

— Sauf votre respect, monsieur le comte, vous n'êtes pas un athlète.

— Je le reconnais, inspecteur ; les exercices physiques ne m'ont jamais attiré. Hier soir, j'ai failli le regretter.

— Nous pouvons en tirer une conclusion : votre agresseur ne pouvait être qu'une femme ou un homme de faible corpulence et moins puissant que vous.

— Je n'y avais pas songé... mais c'est évident !

Nicolas de Marie-Mort poussa un petit cri de douleur et porta la main à son front.

— Pardonnez-moi... de temps à autre, la douleur est presque insupportable.

Higgins laissa le blessé reprendre son souffle.

— Une chose m'étonne, monsieur le comte ; vous parlez d'une paire de ciseaux. Dans cette obscurité, comment pouvez-vous être certain qu'il s'agissait bien de cette arme improvisée ?

— Pour une raison simple, inspecteur : l'agresseur l'a laissée tomber et je l'ai ramassée. Souhaitez-vous la voir ?

— Avec grand intérêt.

Le comte sonna son valet de chambre qui apporta l'objet incriminé ; il s'agissait de lourds et gros ciseaux de tailleur. Sortant son mouchoir, Higgins les soupesa ; les traces de rouille prouvaient qu'ils n'avaient pas servi depuis longtemps.

— Le commissaire Frémontier n'a pas jugé bon de rechercher les empreintes, puisque l'agresseur portait des gants.

Higgins ne fit aucun commentaire ; Marlow déplora cette légèreté professionnelle.

— Soupçonnez-vous quelqu'un ?

Le comte réfléchit longuement.

— Non, inspecteur ; j'ai beau chercher, je ne vois vraiment pas. Qui pourrais-je bien gêner au point de déclencher une haine meurtrière ?

Higgins consulta son carnet noir.

— Vous êtes le producteur du film dans lequel tournait Carla Haverstock ; elle a été assassinée de la manière la plus barbare. Après l'actrice, le producteur... une malédiction ne pèserait-elle pas sur votre film ?

Le producteur parut troublé.

— Ce serait... épouvantable !

— Soyez très prudent, monsieur le comte ; évitez de sortir de chez vous jusqu'à ce que l'assassin soit arrêté.

— Je n'en ai pas la force, inspecteur. Tenez-vous une piste sérieuse ?

— Soyez confiant ; aucun obstacle ne nous arrêtera.

CHAPITRE XX

Higgins accepta de ménager les jambes de Scott Marlow et héla un taxi qui les emmena de la somptueuse demeure du comte au quartier du Suquet.

— La vedette, le producteur... à qui le tour, Higgins ?

— Comment le savoir, tant que nous n'aurons pas retrouvé le film volé ?

Sans rechigner, le superintendant accepta de grimper les larges marches ; Higgins avançait vite, semblant parfaitement savoir où il allait.

Il s'immobilisa devant le 16 de la rue du Suquet où était sise l'échoppe du « culottier-retoucheur », et leva les yeux vers le fronton.

— Voyez-vous ce que je vois, mon cher Marlow ?

Le superintendant fixa la pierre nue avec attention.

— Je ne vois rien de particulier.

— Exact.

— Mais enfin, Higgins...

— Souvenez-vous : il y avait ici une paire de ciseaux très caractéristique. Elle a disparu... ou, du moins, elle a changé de place. Elle se trouve à présent chez le comte.

*
**

Le commissaire Frémontier admit qu'il aurait mieux valu procéder à une recherche d'empreintes, mais pourquoi mettre en doute le témoignage du comte ?

— J'ai identifié l'endroit d'où proviennent les ciseaux : rue du Suquet, au numéro 16.

— Un particulier ?

— Un outil historique, précisa Higgins ; d'après leur état, ces ciseaux doivent dater du siècle dernier.

— Bizarre, jugea le commissaire. Avez-vous interrogé le propriétaire du local ?

— La boutique était fermée pour cause de vacances ; l'artisan ne peut être soupçonné.

— Pourquoi l'agresseur du comte a-t-il utilisé une arme aussi baroque ? Elle est lourde, peu maniable et s'est vite révélée inefficace.

— Pourriez-vous savoir à qui appartient l'immeuble ?

— Sans difficulté ; quelques coups de téléphone suffiront.

Frémontier était perplexe :

— J'ai votre réponse ; l'immeuble appartient au comte de Marie-Mort.

Higgins prit note.

— Lorsque le comte a fait sa déposition, il a bien refusé de se rendre à l'hôpital ?

— En effet.

— À quel médecin a-t-il fait appel pour recevoir des soins ?

— Un instant ; je consulte le dossier.

Un planton apporta les documents ; le commissaire trouva rapidement le renseignement.

— À un praticien de la clinique *Riva Dolce.*

⁂

Un taxi déposa Higgins et Marlow devant la porte de la clinique *Riva Dolce*, blottie dans un bois de pins d'un vert doux et profond. L'ex-inspecteur-chef demanda à rencontrer d'urgence le directeur de l'établissement.

Le médecin, homme austère et posé, évoqua aussitôt le secret médical et refusa de donner des informations confidentielles, quelle que fût la gravité de l'enquête en cours.

— Je ne vous demande rien de tel, souligna Higgins.

— Ah ? D'ordinaire, la police est friande d'indiscrétions.

— Je me soucie du sort d'un excellent ami.

— C'est tout à votre honneur, mais en quoi cette sollicitude me concerne-t-elle ?

— Le comte Nicolas de Marie-Mort a été soigné dans votre clinique ; j'aimerais connaître le nom du médecin qui a reçu le comte et lui demander son avis.

— S'il ne s'agit que de cela... patientez un instant.

Le directeur appela sa secrétaire qui, quelques minutes plus tard, revint murmurer quelques mots à l'oreille de son patron.

— Vous êtes certaine, mademoiselle ?

— Aucune erreur possible, monsieur.

— Parfait ; laissez-nous.

Le directeur dévisagea Higgins avec sévérité.

— Vous moquez-vous de moi, monsieur ?

— Loin de moi cette intention.

— Les faits vous contredisent ; votre ami, le comte de Marie-Mort n'a jamais été admis dans ma clinique et aucun de mes médecins ne l'a soigné.

***

Grâce aux indications fournies par le commissaire Frémontier, Higgins et Marlow rencontrèrent sans délai l'un des responsables du centre économique du cinéma qui suivait la carrière de chaque film du seul point de vue financier. Le technicien était aussi peu aimable que le directeur de la clinique, et son bureau, glacial, n'avait pour décor que des graphiques, des courbes et des schémas.

— Quel est le film qui vous intéresse ?

— *La mort n'est pas une fin*, produit par le comte de Marie-Mort.

— Je suis au courant, inspecteur ; je connais mon métier. Que désirez-vous savoir ?

— Je suppose que cette production fut fort coûteuse.

— Elle l'est encore.

— L'œuvre n'est-elle pas achevée ?

— Elle ne le sera probablement jamais ; Marie-Mort n'a plus un sou. Il a fait un montage financier des plus acrobatiques mais n'a pas réussi à rassembler suffisamment de fonds ; les tournages en extérieur ont été beaucoup plus longs que prévu, plusieurs accidents mineurs ont retardé le tournage et les assurances n'ont pas été négociées de façon favorable. Bref, un désastre financier en perspective ; la vente du palais cannois ne suffira même pas à combler le trou.

— On parlait pourtant d'un prix pour l'interprète principale, Carla Haverstock.

— La rumeur a été propagée par les critiques qui ont vu la copie inachevée avant la projection prévue pour le festival ; personne ne nie les qualités de cette actrice, mais comment la récompenser si le film ne voit pas le jour ? Avec sa mort, il est enterré.

CHAPITRE XXI

Le petit restaurant du Suquet où Higgins et Marlow déjeunèrent en compagnie du commissaire Frémontier était un hymne à l'huile d'olive vierge, véritable jus du fruit sans aucun traitement chimique. Olives de Nyons, des Baux-de-Provence, de Salon-de-Provence ou de Nîmes, étaient utilisées pour obtenir cette huile de première pression à froid qui donnait à tous les plats un goût inimitable. Symbole d'immortalité, l'olivier offrait à l'humanité un fruit incomparable qui facilitait l'activité cérébrale et forgeait des centenaires ; ne calmait-elle pas les maux d'estomac, ne prévenait-elle pas les déficiences cardiaques, ne blanchissait-elle pas les dents ?

Convaincu, Marlow émit une légère réserve qui le concernait directement.

— Facilite-t-elle l'amaigrissement ?

— Ne vous préoccupez pas de ce détail, dit le commissaire, et n'hésitez pas à reprendre du caviar d'aubergines. Je vous recommande aussi la purée d'aubergines cuites au four à l'huile d'olive ; tartinée sur du pain grillé, c'est délicieux.

Bien que prévenu contre les multiples tentations de la cuisine française, Scott Marlow fut vaincu : pourtant, il devait prendre garde à son poids, car le nouveau standard exigé pour les policiers appartenant au corps de protection rapprochée de Sa Majesté avait été publié ; il imposait des normes de plus en plus sévères. Comme Higgins le contraignait à beaucoup marcher, ce n'était pas un petit repas entre collègues qui pourrait nuire à son début de régime.

— Résultats ? demanda Frémontier, curieux.

— Le comte est sérieusement ébranlé, relata Higgins ; mais il n'a pas été soigné à la clinique *Riva Dolce* comme il l'a prétendu.

— Ça, c'est étonnant ! Pourquoi ce mensonge ?

— Contentons-nous d'enregistrer les faits ; malgré les deux cadavres, je me demande parfois si nous ne sommes pas au début de cette affaire.

— Et sa situation de producteur ?

— D'après le gestionnaire que nous avons rencontré, elle serait catastrophique ; le comte serait incapable de financer jusqu'au bout *La mort n'est pas une fin* et le film ne verrait probablement jamais le jour.

— Invraisemblable ! De nombreux critiques de premier plan l'ont déjà vu ; c'est d'ailleurs pourquoi le prix d'interprétation de Carla Haverstock est considéré comme une certitude.

— Ils n'ont vu qu'une œuvre incomplète.

Le commissaire roula sa serviette en boule.

— Méfiez-vous, Higgins. Dans le cinéma, on adore calomnier et répandre de faux bruits.

Marlow cessa de tartiner.

— Mais... nous nous sommes adressés à un organisme officiel !

— Je sais, je sais... mais nous sommes en France. Les organismes officiels ne sont pas toujours les mieux informés. Erreur de fiches, manque de relations entre les services... vous savez ce que c'est.

Marlow était indigné. Dans l'Angleterre victorienne, un fonctionnaire manquant à ses devoirs aurait été durement sanctionné. Un tel laxisme ne permettait pas de construire un grand pays.

— Il existe un moyen simple d'apprendre la vérité, dit Frémontier ; je connais un responsable fiable de la programmation du festival. Si le film a été retiré de l'affiche, c'est que le comte est effectivement incapable de le produire, alors qu'il devrait bénéficier du climat dramatique que la presse ne manquera pas de créer autour de sa vedette. Un instant.

Marlow et Higgins dégustèrent un rosé de Provence pendant que le commissaire téléphonait.

Lorsqu'il revint, Frémontier était tendu.

— Le film a été déprogrammé, révéla-t-il, lugubre. Dans quel guêpier nous sommes-nous fourrés, messieurs, et à quel jeu joue le comte ? J'ai bien envie d'aller le lui demander séance tenante !

— N'en faites rien, conseilla Higgins ; il n'est pas le seul partenaire. À présent, nous possédons un avantage sur lui mais nous ne pouvons relier ce que nous savons au crime.

— Si Carla Haverstock a appris la vérité, estima Marlow, c'est plutôt elle qui aurait dû supprimer le comte ! Il la privait de son prix.

— Excellente analyse, jugea Frémontier.

— À moins que l'actrice n'ait été responsable de la déchéance financière du comte de Marie-Mort, objecta Higgins.

Frémontier hésita.

— De quelle manière ?

— En étant une maîtresse dépensière, par exemple.

— Impensable ! Ils ne se connaissaient que depuis peu, et Carla ne ressemblait pas à une croqueuse d'hommes.

— Les passions les plus ardentes sont parfois les mieux cachées, commissaire.

— Je l'aurais su.

— Par quel canal ?

Frémontier parut gêné.

— Un informateur digne de foi.

— Denis Murlay ? avança l'ex-inspecteur-chef.

— Eh bien, oui, d'accord... ce n'est pas un personnage toujours recommandable mais, dans ce domaine, il est parfaitement renseigné. Je l'ai vu longuement hier soir, car il avait de pénibles révélations à faire.

— De quel ordre ?

— Sur la victime. Dans un sens, il vaut sans doute mieux que son film aille aux oubliettes, car cette pauvre Carla n'était pas l'actrice sérieuse et la femme impeccable qu'on imaginait.

— Voilà qui est essentiel, commissaire. Pourriez-vous être plus précis ?

— C'est délicat...

— Vous en avez trop dit, estima Marlow.

— Bon, d'accord... D'après Murlay, Carla a

participé à une soirée... disons dévêtue et carrément scandaleuse. Murlay s'est tu jusqu'à présent, mais étant donné les circonstances...

— Où et quand ? demanda Higgins.

— À Londres, fin février.

— À moi de vérifier, déclara Scott Marlow, triomphant. Le Yard doit avoir des traces.

— Vous pouvez avoir confiance en Murlay.

— Inutile de passer par Londres, jugea Higgins ; si vous trouvez Formeroy chez le comte, convoquez-le sans délai.

Vingt minutes plus tard, l'agent artistique de Carla Haverstock prenait le café avec les trois policiers. Son visage fatigué prouvait qu'il avait mal dormi.

— L'enquête progresse-t-elle ? s'inquiéta-t-il.

— Nous avons une question précise à vous poser, dit Higgins.

— Je vous écoute.

— Où se trouvait Carla Haverstock fin février ?

L'agent artistique posa sur la table un gros carnet d'adresses, mouilla son index droit et tourna les pages.

— Fin février, nous y sommes... tout est marqué là. Ah oui, je me souviens ! Elle est allée une semaine à un petit festival, en Autriche ; je m'y étais opposé, mais l'invitation très chaleureuse des organisateurs l'avait séduite. Carla est allée de réception en réception, de déjeuner en dîner, et a fait la une de la presse locale. Pendant plusieurs jours, elle n'a pas été une seconde tranquille.

— Merci, M. Formeroy.

— C'est tout ?

— Pour le moment, oui.

Le géant mou sortit lentement du restaurant.

— Vous voyez, commissaire, constata Higgins sans triomphalisme, on ne peut pas faire confiance à Denis Murlay.

— Bon, d'accord... Mais pourquoi Murlay a-t-il voulu salir l'actrice ?

— Sans doute pour se dédouaner lui-même et briller à ses propres yeux, indiqua Marlow.

Frémontier parut abattu ; son menton agressif était en berne.

— Je suis complètement perdu... ça m'ennuie un peu de vous avouer ça, mais je suis content que vous soyez là.

Marlow ne sut que dire ; Higgins se montra chaleureux.

— En alliant nos forces, nous résisterons à l'adversité.

— Quelle bande de menteurs et de truqueurs... si je ne me retenais pas, je les mettrais tous au trou !

— Il nous faut d'abord établir la vérité pour que Carla Haverstock et son caniche puissent reposer en paix. Ensuite, la justice — si justice il y a — fera son travail.

Le regard de Frémontier devint minéral.

— Elle aura intérêt à le faire... sinon, je m'en chargerai moi-même.

— Commissaire ! s'exclama Marlow.

— Pardonnez-moi... cette affaire me fait perdre la tête. Ah, j'oubliais... j'ai eu un nouveau rapport technique. Plutôt troublant, ça aussi... il est certain qu'on a incendié le véhicule de l'actrice mais le procédé laisse les spécialistes pantois. La bombe incendiaire était tellement sophistiquée qu'on en décèle à peine les traces. Un engin d'origine militaire, probablement.

— Un sabotage grossier et un incendiaire raffiné, conclut Higgins ; pourquoi cette contradiction ?

CHAPITRE XXII

— Inspecteur ! s'exclama Véra Drayer ; quelle bonne surprise... je vous aurais bien offert un café, mais je partais pour la plage.

— Ne changez surtout pas votre programme, mademoiselle ; j'aimerais converser avec vous.

— En marchant, si cela ne vous dérange pas ?

— Votre proposition me convient à merveille.

De la rue d'Antibes à la plage de Cannes, le trajet était bref ; mais la ravissante jeune femme blonde et l'ex-inspecteur-chef marchèrent lentement, car la chaleur s'intensifiait, prélude à l'été qui ne tarderait pas à s'installer. Qui se souvenait de l'événement majeur qui avait modifié le destin de Cannes, à savoir le premier bain de soleil de Marlène Dietrich ? Exposer son corps et bronzer étaient devenus des modes, les hôtels avaient ouvert l'été, les plages avaient été aménagées pour recevoir des baigneurs de plus en plus nombreux.

— Votre enquête progresse-t-elle, inspecteur ?

— Lentement, mademoiselle ; il n'est pas facile de percer les secrets des uns et des autres.

— Secrets ? Les êtres sont-ils si fermés ?

— Vous n'êtes pas si naïve.

Les yeux verts de Véra Drayer pétillèrent.

— J'ai déjà vécu tant de vies et traversé tant de pays que je ne sais plus si je possède encore des secrets ; ne vaut-il pas mieux prendre les êtres comme ils sont et ne pas s'interroger sur leur compte ?

— Je ne dispose pas de ce privilège, déplora Higgins ; il me faut au contraire sonder les âmes et les cœurs pour mettre fin aux agissements d'un assassin.

— Dure épreuve, inspecteur.

— Que savez-vous du comte de Marie-Mort ?

— Je n'ai pas envie de jouer les informatrices.

— Je voulais seulement évoquer l'aspect professionnel ; vos rapports d'argent sont-ils corrects ?

— Je suis étonnée que vous me posiez cette question... Pour la première fois depuis que nous travaillons ensemble, il tarde un peu à me régler une prestation. Serait-il en difficulté ?

— Certains le prétendent.

— Difficultés... sérieuses ?

— La sortie de *La mort n'est pas une fin* pourrait être remise en question.

— J'avais entendu cette rumeur, avoua-t-elle, mais je n'y croyais pas. Je vais donc être obligée de changer de producteur et peut-être de métier ! J'ai horreur des difficultés et des conflits ; lorsque quelque chose ne va plus, je préfère m'en aller et changer. Dommage... Marie-Mort était un personnage d'un autre siècle, follement amusant. Sa déchéance ne me surprend pas ; il n'avait aucune compétence financière et considérait le cinéma comme un art auquel il ne fallait pas mêler l'argent.

— Noble perspective.

— Complètement fausse, hélas ! Il y a d'abord l'argent, beaucoup de relations mondaines et ensuite, dans le meilleur des cas, un peu d'art.

— Akin aurait-il pu travailler avec Marie-Mort ?

— Akin ? Sûrement pas ! Akin ne peut travailler qu'avec lui-même. La simple présence d'un producteur lui est insupportable.

— Comment survit-il ?

— Vous connaissez mal le milieu artistique, inspecteur ; il est peuplé de gogos et de prétentieux qui ne veulent rater aucune mode ni investissement sur le moindre génie s'affichant comme tel. Le film absolu d'Akin, l'image qui saisira l'instant total, c'est une mine d'or pour lui !

— Croit-il à ce qu'il raconte ?

— Vous voulez savoir s'il est fou à lier ? Je me le demande... par moments, il est convaincant ; à d'autres, il paraît raisonnable et lucide. Pour être franche, son style n'est pas ma tasse de thé.

— Pas davantage que Denis Murlay, je suppose ?

— C'est un prototype plus courant qu'on ne l'imagine ; dans chaque ville, dans chaque milieu, on trouve ce genre de personnage qui s'agite sans cesse, rencontre tout le monde, ne subsiste que par ses relations et croit tirer des ficelles alors qu'il est l'esclave de sa peur de vieillir et d'être seul. Pourtant, au premier coup de vent, ses meilleurs « amis » l'abandonnent et le chargent de tous les péchés. Murlay se croit très important alors qu'il n'est rien.

« Cette jeune personne a vraiment beaucoup vécu », pensa Higgins, tandis qu'ils arrivaient sur la plage où quelques beautés se bronzaient.

— Êtes-vous aussi sévère pour Kirk Formeroy ?

— On peut admirer les vautours, inspecteur ; c'est une race qui a son utilité.

— L'accusez-vous d'avoir exploité Carla Haverstock ?

— Exploité ? Non... il a rempli sa fonction. Impresarios, agents artistiques, éditeurs... ils vivent du talent des autres et repèrent leurs proies. Si Carla n'a pas pu se défendre, tant pis pour elle.

— Avec le prix d'interprétation, sa carrière prenait une nouvelle tournure.

— Son entourage voulait exploiter le succès, Formeroy comme les autres. C'est normal, non ?

Higgins ne partageait pas ce point de vue, mais il n'était qu'un modeste retraité, loin des affaires et des compétitions qui agitaient le monde.

— Vous vous baignez, inspecteur ?

— L'eau est trop froide pour mes rhumatismes.

— Me permettrez-vous de m'échapper pour faire quelques brasses ?

— Vous êtes une femme libre.

Le sourire de Véra Drayer fut ambigu.

— Puis-je vous confier mes vêtements ?

L'athlétique blonde remit à Higgins son tee-shirt et sa jupe courte ; elle apparut dans un bikini si minuscule qu'il dévoilait davantage qu'il ne cachait.

En foulées rapides, elle se dirigea vers la mer ; mais sa course fut interrompue par une autre naïade, en robe du soir, pieds nus, un chandelier sur la tête, les mains jointes dans un geste de prière.

— Ô grande Véra, déclama Iris Reldick, ne me bouscule pas ! Je porte le feu sacré du septième art.

Véra Drayer éclata de rire. Aussitôt des badauds s'attroupèrent.

— C'est la starlette d'hier, dit l'un d'eux ; elle est drôlement belle.

Iris posa le chandelier et embrassa Véra.

— Je peux quand même me baigner ?

— Si tu veux ; mais après, tu m'offres à boire.

— Nous partagerons ce plaisir avec l'inspecteur Higgins ; c'est lui qui détient mes vêtements. Il est assis là-bas sur le parapet.

La starlette regarda dans la direction indiquée.

— C'est bien lui, en effet... un ami à toi ?

— Une relation momentanée, tout au plus.

Sans hésiter, Véra Drayer s'élança dans la Médi terranée.

Très à l'aise, Iris Reldick se dirigea vers l'ex-inspecteur-chef qui, devant ce spectacle, songea à Marlow qui eût vécu une sorte d'enfer. Par bonheur, épuisé, le superintendant sacrifiait au rite de la sieste dans la chambre qu'il occupait chez le moine.

Petite, mais admirablement proportionnée, la starlette attirait tous les regards des messieurs de bonne ou de mauvaise compagnie qui flânaient sur la plage. Puis ils se fixèrent sur l'homme d'âge mur, en blazer bleu et pantalon de flanelle grise, dont l'élégance si britannique prouvait qu'il devait être un grand producteur à la recherche de vedettes fémi nines.

CHAPITRE XXIII

— Nous ne nous quittons plus, inspecteur !

— J'en suis fort aise, mademoiselle ; j'espère que vous ne le regretterez pas trop.

— Ça m'amuse beaucoup, au contraire ! Moi et Scotland Yard, c'est si inattendu ! Oh... j'ai abandonné ma chandelle sur le sable... Vous ne la voulez pas comme souvenir ?

— Ce n'est pas indispensable.

— Vous avez raison ! Oublions les misères du cinéma et ne pensons qu'à mes succès futurs ; je ne suis pas la reine Marie ni la reine Christine, mais je le deviendrai.

— Je vous le souhaite.

— Me promener sur la plage, déambuler sans but, sentir le sable chaud sous mes pieds nus... n'est-ce pas merveilleux ?

— Souvenez-vous quand même du proverbe : « C'est en se promenant trop que les femmes et les poules se perdent. »

Le joli visage fut empreint d'une totale stupéfaction.

— Ça alors ! D'où sortez-vous des trucs de ce genre ?

— De la sagesse des nations qui est souvent un peu stupide, reconnaissons-le.

— Moi, j'ai quitté l'école à douze ans et je ne le regrette pas... qu'est-ce qu'on s'embêtait ! Toutes ces histoires inutiles, ces écrivains barbants dont j'ai oublié le nom et ces mathématiques auxquelles je ne comprenais rien. Ouf ! J'en suis sortie. Vous savez ce que je connais le mieux ?

— Dites-moi.

— Le maquillage ! Je suis championne toutes catégories. D'accord, je n'ai lu aucun livre et j'ignore l'orthographe, mais je sais manier le pinceau, le fond de teint et les crèmes de jour et de nuit mieux que personne. Bien utiliser les houpettes et les brosses, c'est mon affaire ; j'ai même inventé un applicateur pour ombre à paupières et un pinceau pour accentuer les lèvres ! Si j'avais le temps, je prendrais un brevet. Vous voulez que je vous montre comment je m'en sers ? J'aimerais tellement vous maquiller !

— Remettons cette délicate expérience à plus tard ; je crains d'être un mauvais sujet. J'ignorais que Véra Drayer et vous fussiez amies.

Iris Reldick fit la moue.

— Amies... c'est un bien grand mot ; copines si vous le voulez. Dans ce métier, on ne peut avoir d'amies, seulement des alliées. Nous sommes toutes en compétition, vous comprenez ? Et moi, je veux devenir une vedette. Alors, pas de quartier et pas de pitié ! C'est mon premier festival de Cannes et je ne veux pas le rater ; il faut qu'on me remarque, à n'importe quel prix. C'est pourquoi j'utilise les grands moyens. Pour demain, j'ai trouvé une astuce formidable qui attirera la totalité des journalistes.

— Accepteriez-vous de me mettre dans la confidence ?

La starlette hésita.

— Vous me demandez beaucoup, inspecteur... Promettez-moi de garder le secret.

— Je suis une tombe.

— Oh ! Quelle horrible expression ! Qu'est-ce que ça veut dire ?

— Que tout ce qui entre ne ressort plus.

— Donc, vous ne direz rien ?

— Exactement ; une parole est une parole.

Iris Reldick baissa la voix.

— J'ai loué une baignoire et un petit bateau pour la tirer... enfin, loué... j'ai fait du charme à un marchand de salle de bains et ça a marché ! Quand la baignoire sera à une dizaine de mètres de la plage, je me glisserai nue dans l'eau parfumée et je me ferai apporter du thé par un serveur du Carlton. Sensationnel, non ?

— Inattendu, reconnut Higgins.

— J'espère qu'il n'y aura pas de vagues ; je ne sais pas nager et j'ai peur de la mer.

— Véra Drayer pourra-t-elle vous trouver un rôle ?

— Pourquoi pas ? D'abord, je dois me faire remarquer ; ensuite, m'imposer. Des personnes comme Véra peuvent être très utiles.

— Elle est exigeante, n'est-ce pas ?

— Tant mieux ; pour réussir, il faut du caractère Elle en a, moi aussi.

— Avez-vous rencontré le comte de Marie-Mort ?

— Comme tout le monde.

— Ne l'avez-vous pas séduit ?

— C'est un homme bizarre... impossible de savoir ce qu'il pense vraiment. Et puis il ne songeait qu'à la future grande vedette, Carla !

— Nous y pensons tous, à présent.

— Vous me jugez bien égoïste, inspecteur ; elle l'était aussi, comme n'importe quelle actrice. Nous n'avons pas le choix. Oh, mais il est tard ! Je déjeune avec un producteur américain. Il veut voir... mes talents.

Légère et virevoltante, Iris Reldick quitta la plage sous les regards concupiscents de nombreux admirateurs qui, dans une heure, l'auraient oubliée.

Sculpturale et ruisselante, Véra Drayer sortit de l'eau ; beaucoup jalousèrent Higgins dont la séduction était capable d'attirer deux femmes aussi belles et aussi différentes.

— Iris est déjà partie ?

— Un rendez-vous urgent.

— Un nouveau rêve... pauvre gamine.

— Vous ne croyez pas en elle ?

— Je ne crois en personne, surtout dans ce métier. Une star ou une paumée, je n'en sais rien ; elle non plus.

— Elle détestait Carla Haverstock, je crois ?

— Elle la haïssait, comme n'importe quelle autre starlette, puisque Carla avait du succès ; la jungle est une partie de plaisir à côté du monde du spectacle, inspecteur. Si Iris n'éprouvait pas des sentiments de cet ordre, elle n'aurait aucune chance de réussir.

Personne ne peut lui reprocher d'être envieuse ; la mort de Carla libère une place, mais elles sont mille à la convoiter et c'est peut-être la mille et unième qui l'obtiendra.

— Avec votre physique, n'avez-vous pas envisagé d'être actrice ?

— Une fois, si. On m'a reproché d'être trop saine et trop franche, heureusement.

— Heureusement ?

— J'ai horreur de m'exhiber. Je préfère découvrir des talents, nouer des contacts, monter des projets ; le devant de la scène ne m'intéresse pas.

— Vous arrive-t-il de collaborer à un scénario ?

— Ça m'arrive, en effet.

— Votre point de vue est-il accepté ?

— Ça arrive aussi. Je prends les situations comme elles viennent : bonheur bonheur, malheur malheur.

Higgins vit Marlow descendre d'une voiture de police et se diriger vers lui à pas pressés.

— Veuillez m'excuser, mademoiselle, je crains d'être victime d'une urgence professionnelle.

La blonde assistante de production s'étendit sur le sable, indifférente à tout ce qui n'était pas la caresse du soleil.

L'ex-inspecteur-chef alla au-devant du superintendant.

— Higgins, il faut venir tout de suite ! Je crois que nous tenons le coupable.

CHAPITRE XXIV

La voiture de police démarra à toute allure en direction du Suquet.

— Comment avez-vous trouvé cette piste?

— Coup de téléphone anonyme au commissariat; Frémontier est aussitôt venu chez le moine et m'a réveillé au milieu de ma sieste.

— Déplorable, mais utile. Des aveux?

— Non. L'assassin refuse de reconnaître les faits; le commissaire est resté sur place.

Le taxi s'arrêta au pied du Suquet et les deux hommes grimpèrent les marches menant au quartier haut; ils passèrent devant la boutique du « culottier-retoucheur » et pénétrèrent dans la petite maison à deux étages aux volets verts, couverte de roses jaunes et de géranium-lierre.

Le commissaire Frémontier était assis à la table de la salle à manger, en face d'Henriette Villadou, en larmes.

Elle se leva.

— Messieurs, dit-elle entre deux sanglots, je suis innocente. C'est un coup monté, une machination abominable!

— Calmez-vous, recommanda Higgins ; nous allons tranquillement examiner les faits ensemble.

— Tranquillement ! Mais c'est mon honneur qui est en cause !

— Raison de plus pour garder notre sang-froid.

La pimpante brunette, au maquillage défait, consentit à se rasseoir. Le drame seyait mal à cet intérieur douillet dont Higgins apprécia la qualité ; meubles provençaux et aquarelles régionales étaient d'une réelle beauté.

— Voici l'objet du délit, révéla le commissaire Frémontier en désignant une scie à métaux qui trônait au milieu de la table.

— Elle ne m'appartient pas, déclara Henriette Villadou.

— Vous savez vous en servir.

— Comme de beaucoup d'autres objets ; j'en possède une qui se trouve dans l'une de mes trousses à outils.

Elle l'ouvrit elle-même et prouva ses dires.

— Très bien, Henriette, constata le commissaire, accablé, mais ce n'est pas celle-là qui m'intéresse.

— L'autre ne m'appartient pas ! hurla la brunette. Combien de fois faudra-t-il vous le dire ?

— Vous feriez mieux d'avouer.

— Avouer quoi ?

Le commissaire leva les bras au ciel, excédé.

— À vous de jouer, Higgins ; moi, je renonce.

— J'exige des excuses, dit Henriette Villadou, acérée ; on ne traîne pas les gens dans la boue impunément.

L'ex-inspecteur-chef fit les cent pas dans la salle à manger, s'arrêtant de temps à autre pour admirer une aquarelle; les vues de Sainte-Marthe au XVIIIe siècle étaient particulièrement réussies.

— Parlez-moi du coup de fil anonyme, demanda-t-il au commissaire, comme si la propriétaire des lieux n'était pas concernée.

— J'ai pris moi-même le correspondant qui annonçait une révélation capitale dans l'affaire Carla Haverstock.

— Homme ou femme?

— La voix était très déformée; impossible à dire.

— La révélation.

— J'entends encore les mots de mon correspondant : « L'arme du crime est une scie à métaux et elle est cachée dans la trousse à outils d'Henriette Villadou. Regardez sous le canapé. »

Un long silence suivit cette déclaration; Scott Marlow eut la certitude que la brunette n'était pas aussi innocente qu'elle le prétendait.

— J'ai effectivement trouvé l'objet incriminé à l'endroit indiqué, reprit le commissaire.

— Mise en scène, expliqua la brunette. Mais pourquoi est-ce si grave de détenir cette scie et pourquoi autant de policiers chez moi?

— Vous le savez aussi bien que nous, rappela le commissaire, c'est l'arme du crime!

— La police s'appuie-t-elle sur une dénonciation anonyme? C'est immoral!

Higgins examina attentivement les deux scies.

— Regardez avec moi, Mlle Villadou. Prenons d'abord la scie qui vous appartient; vous admettez avec moi que le cadre est neuf et que la lame est neuve.

La brunette hocha la tête affirmativement.

— Prenons ensuite l'autre scie, qui était cachée sous votre canapé ; qu'en pensez-vous ?

— La lame... la lame est neuve.

— Et le cadre ?

— Ancien.

— Qu'en tirez-vous comme conclusion ?

— Je... je ne sais pas.

— Je crois que si, dit Higgins avec douceur. Si vous disiez la vérité ?

Henriette Villadou se leva et recula jusqu'au mur, comme si l'ex-inspecteur-chef était un dragon dangereux.

— Je vais vous aider, poursuivit-il. Vous n'aviez pas besoin de deux scies, me semble-t-il ?

— Non, mais je...

— Vous vous êtes servie de cet outil pour diverses tâches ; c'est pourquoi le cadre est ancien et usé.

— Non ! ce n'est pas la mienne !

— Bien sûr que si, mais elle avait disparu ; c'est pourquoi vous avez été obligée d'en acheter une autre, celle à la lame et au cadre neufs.

— Non, je...

— Il suffira d'interroger votre fournisseur habituel pour obtenir la date de votre achat ; je parie qu'il a eu lieu très récemment.

Le regard affolé de Henriette Villadou alla de Marlow à Frémontier et de Frémontier à Higgins ; il ne rencontra que des yeux accusateurs. Vaincue, elle s'effondra.

— Je voudrais m'asseoir.

Higgins lui offrit son bras et l'aida.

— Expliquez-nous, à présent.

— On m'a volé ma scie, c'est vrai ; elle avait une lame assez ancienne mais encore efficace. Le voleur l'a remplacée par une neuve. Dès que je me suis aperçue de sa disparition, j'en ai acheté une autre.

— À quel moment ?

— Le lendemain de la mort de Carla Haverstock.

— Pourquoi nous avoir menti jusqu'à présent ?

— J'ai eu si peur ! En arrivant, le commissaire m'a parlé de l'arme du crime... comment auriez-vous réagi, à ma place ? M'accuser de meurtre, moi... quelle horreur ! J'étais bouleversée, je ne savais plus où j'en étais. Il faut me pardonner, je vous en prie... j'ai commis une erreur, mais je ne suis pas responsable. L'assassin tente de me faire accuser pour échapper à vos investigations. C'est un monstre, un monstre !

Le commissaire demeura silencieux, de même que Marlow.

Henriette Villadou fut prise de panique.

— Vous ne comprenez pas... mais c'est impossible ! L'assassin cherche à vous abuser, c'est évident !

— Admettons-le, dit Higgins, paisible. Soupçonnez-vous quelqu'un ?

— Il fallait bien connaître mes habitudes.

— Parmi les personnes présentes à la projection du film, qui les connaissait ?

La brunette réfléchit.

— Elles n'étaient pas secrètes, inspecteur... dans le monde du cinéma, personne ne les ignorait.

— Cela ne nous aide guère.

— Je suis désolée... si désolée.

Le commissaire se leva.

— J'emporte la scie, Henriette. Si un détail vous revenait, n'hésitez pas à m'appeler.

CHAPITRE XXV

— Bizarre, commenta le commissaire ; je la crois à la fois innocente et coupable. Mais comment démêler le vrai du faux ?

— L'avenir le dira, répondit Higgins.

— Sauf votre respect, le temps passe vite.

— Je propose une perquisition chez tous les suspects, avança Scott Marlow ; il nous faut retrouver le film. C'est forcément l'un d'eux qui l'a dérobé.

— Nous verrons plus tard, estima Higgins.

Le superintendant ne voulut pas contrecarrer son collègue devant un étranger, bien qu'il déplorât cet attentisme. Avant que le commissaire atteigne sa voiture, un agent en uniforme se précipita vers lui et lui communiqua une information inquiétante.

— Vous en êtes sûr ?

L'agent insista.

— On y va.

Le commissaire invita Higgins et Marlow à l'accompagner.

— Akin fait du scandale sur la Croisette.

Quelques minutes suffirent à la voiture de police, sirène hurlante, pour atteindre l'endroit où une foule nombreuse entourait le cinéaste, l'œil collé à la caméra. Il visait un homme juché au sommet d'un lampadaire, prêt à se jeter dans le vide. Chacun retenait son souffle.

— À quoi jouez-vous ? demanda le commissaire.

— Jouer ? Mais c'est le moment le plus important de ma carrière ! J'ai saoulé ce type, je l'ai payé grassement et j'ai réussi à le persuader de sauter quand je lèverai le bras gauche. Fabuleux non ? La mort en direct, le saut de la mort gravé sur ma pellicule, l'instant absolu !

Scott Marlow bloqua le bras gauche d'Akin.

— Voulez-vous me lâcher ?

— Certainement pas.

— Un obscurantiste n'a pas le droit de s'opposer à ma conception de l'art.

— Ce n'est pas de l'art, dit Frémontier, mais une tentative de meurtre.

— Comme vous y allez... ce type est consentant ! Il m'a signé une décharge.

Les pompiers déployèrent la grande échelle. Complètement ivre, le funambule d'occasion ne leur opposa aucune résistance et fut descendu sain et sauf.

— Ne recommencez pas, Akin, prévint le commissaire, ou je vous coffre.

Higgins, mains croisées derrière le dos, avait observé la scène sans intervenir.

*
**

La communication avec l'Angleterre était excellente ; une demi-heure plus tôt, Higgins avait appelé l'un de ses amis fidèles, le colonel Sir Arthur Mac Crombie, le meilleur spécialiste vivant de la Seconde Guerre mondiale et de celles qui l'avaient précédée. Détenteur d'une masse colossale de fichiers et de dossiers en tous genres, le colonel pouvait se vanter de posséder un service d'archives sans concurrents. Certes, il estimait que seule la carrière militaire valait la peine d'être vécue et que Scotland Yard n'abritait qu'un ramassis d'incapables; mais Higgins ne ressemblait pas aux autres inspecteurs et pouvait le consulter à toute heure du jour et de la nuit. Le téléphone sonna au moment annoncé par Mac Crombie.

— J'ai tes renseignements, vieille canaille, affirma le colonel; ton Harvey Akin est un drôle de numéro. Connaissais-tu sa nationalité, au moins?

— Au hasard... Australien?

— Toujours aussi perspicace... tu aurais dû devenir général. Je n'ai pas eu beaucoup de mal à remonter la filière... ton Akin fut l'un des rares étrangers admis dans les fameux commandos de la Gironde.

— Ceux qui remontaient le fleuve en kayak?

— Exactement; ils avaient pour mission de placer des bombes sous les U-Boot allemands qui sortaient du port de Bordeaux. Ils portaient des casques en forme de tonneau et ont réussi à détruire un bon nombre de sous-marins ennemis.

— Beau tableau de chasse pour Akin?

— Tu peux le dire! Un remarquable spécialiste des explosifs et des bombes incendiaires, mais aussi un fou de cinéma. Dès qu'il le pouvait, il filmait... surtout des scènes tragiques. Ses camarades le considéraient comme un héros et un dément. Tous ses films ont été confisqués et détruits.

— A-t-il été décoré ?

— Une cargaison de médailles ! Voilà la première fois que tu m'obliges à me pencher sur un guerrier sans peur et sans reproche.

— Qu'est-il devenu, ensuite ?

— On lui a proposé un poste d'instructeur, mais il a refusé net. Après, je perds sa trace ; tu l'as retrouvé, on dirait ?

— Il est devenu cinéaste.

— Le malheureux ! Tomber dans la corruption et la décadence après tant de bravoure... si je tenais ce petit gars, je lui dirais ma façon de penser. Il n'est pas mêlé à un crime, au moins ?

— Je crains que si, Arthur.

— Par tous les canons de la Grande Guerre, que le monde est mal fichu ! Bien entendu, je veux connaître toute l'histoire ; ma cuisinière te préparera un haddock aux fraises des bois nappé de crème fraîche.

Le foie de Higgins cria grâce ; mais il n'aurait pas la possibilité de se soustraire à cette obligation.

⁂

Le superintendant Marlow, dûment informé, campa sur ses positions.

— Akin est l'assassin, Higgins ; vos informations le démontrent de manière convaincante.

— Il nous faut attendre de voir le film qui a provoqué la fuite de Carla Haverstock.

— Mais enfin, Higgins ! Cet Akin est un spécialiste des bombes incendiaires et c'est précisément une bombe incendiaire qui a tué l'actrice et son chien. Vous faut-il une preuve supplémentaire ?

— Supposez que l'assassin connaisse le passé du cinéaste et utilise ce savoir pour nous orienter sur une fausse piste.

— Ce serait diabolique !

— Cette affaire est diabolique ; c'est pourquoi je refuse toute précipitation.

— Il faut arrêter Akin sur-le-champ ; demain il peut recommencer.

— Et si l'assassin s'amusait à semer de vrais indices pour façonner de faux coupables ? La scie pour Henriette Villadou, la bombe incendiaire pour Harvey Akin.

L'argumentation troubla le superintendant.

— Sincèrement, Higgins, croyez-vous ou non à sa culpabilité ?

— Je ne sais pas.

— Ça ne vous ressemble guère.

— Sûrement, je suis dans le brouillard. Aucune des pièces ne s'emboîte correctement dans une autre ; dès que nous croyons tenir quelque chose de solide, un fait nouveau vient détruire une certitude apparente.

— Ne nous compliquons-nous pas la tâche ?

— Non, superintendant ; nous n'y voyons pas clair parce que nous ignorons encore le mobile du meurtre. Rien de ce qui a été avancé ne me satisfait.

Marlow sentit que son collègue était troublé et qu'il cherchait en vain une solution ; la disparition de l'actrice et de son chien l'avait ébranlé plus qu'il n'y paraissait, sans doute en raison de l'horreur et de la brutalité du crime, sans compter la complexité de la machination.

— Rien ne s'emboîte, superintendant, et pourtant...

— Pourtant ?

— Nous avons beaucoup vu et beaucoup entendu, mais nous sommes demeurés aveugles et sourds. Le soleil printanier ne nous réussit pas, mon cher Marlow.

CHAPITRE XXVI

Scott Marlow se réveilla avec une pénible migraine, probablement due à l'abus de grand air et de marche à pied. Dans la cuisine, le moine tenait du café au chaud.

— Higgins est déjà parti ? s'inquiéta le superintendant.

— Il n'est pas loin. Vous n'avez pas bonne mine, *old fellow*.

— La tête.

— Asseyez-vous et ne bougez pas ; je vais vous soigner ça immédiatement.

Le moine sortit d'un placard un flacon d'émulsion Scott dont l'étiquette représentait un pêcheur supportant le poids d'un poisson.

— Vous êtes sûr que...

— C'est un de vos compatriote, Michel Hugues Scott, qui a inventé ce remède à base d'huile de foie de morue ; après quoi, il s'est installé à Cannes.

Sous l'œil vigilant du moine, Marlow fut contraint d'absorber deux cuillerées. Les toasts et le bacon lui parurent nettement meilleurs ; le café serré acheva de le remettre sur pied.

— Où est Higgins ?

Le moine guida le superintendant jusqu'à une petite place voisine où l'ex-inspecteur-chef disputait une partie de pétanque acharnée ; Marlow le vit s'accroupir et lancer une boule savamment dosée qui finit sa course tout près du cochonnet. Le tireur adverse la rata ; la partie était gagnée.

Higgins se releva en souplesse et serra la main du vaincu.

— J'ignorais que vous pratiquiez ce sport, s'étonna Marlow.

— Trop rarement ; c'est excellent pour mes genoux et moins violent que le tennis. Vous sentez-vous d'attaque, superintendant ?

— Grâce à l'émulsion Scott, tout va bien.

— Le moment est venu de prendre l'initiative.

⁂

Kirk Formeroy émergeait d'un mauvais sommeil : son visage, ridé et fripé, portait la trace de cauchemars et de visions désespérantes. Sa chambre, immense, était décorée à l'orientale : sofa, narguilé, coussins multicolores, sabres recourbés, tapis aux dessins géométriques. Bien que dix heures du matin fussent, pour lui, synonymes de l'aube, il accepta de recevoir Higgins et Marlow devant une énorme tasse de café.

— Il est infect, dit-il, mais j'en ai besoin.

— Vous ne semblez pas en forme, remarqua Higgins.

Le géant mou, drapé dans une robe de chambre douteuse, s'affala sur une montagne de coussins.

— En perdant Carla, j'ai tout perdu... c'était une poule aux œufs d'or, cette petite !

— Elle avait pourtant refusé de vous augmenter.

— Un petit mouvement d'humeur sans importance ! Une artiste, c'est forcément capricieux... Nous aurions fini par nous entendre.

— Vous comptiez sur votre cadeau extraordinaire, le film consacré à sa mère, pour la convaincre de céder.

Kirk Formeroy passa la main dans ses rares cheveux.

— Ben... évidemment ! C'était quand même une sacrée trouvaille, non ? Elle était hypersensible, cette petite. J'étais sûr de mon coup.

— Et vous ne vous expliquez toujours pas ce qui s'est passé ?

— Ça ne tient pas debout.

— N'auriez-vous pas eu recours au chantage ? interrogea Scott Marlow.

— Chantage, moi ? Mais lequel ?

— Le film sur la mère de Carla en échange d'une augmentation.

L'imprésario but goulûment son café.

— L'idée m'est venue, d'accord... n'importe qui, à ma place, aurait agi de la même manière.

— Comment Carla a-t-elle réagi, de son côté ?

— Elle n'a pas cru que je détenais des documents inédits sur sa mère. Si c'était vrai, elle reverrait peut-être sa position. Et tout à coup, elle prend la fuite ! Insensé...

— Aviez-vous examiné chaque image du film ?

— Moi ? Vous plaisantez ! Il ne présentait d'intérêt que pour Carla. Des scènes d'amateurs mal fichues, des badauds, des rues d'autrefois... qu'y avait-il de si effrayant là-dedans ?

Higgins consulta ses notes, tournant les pages du carnet noir avec lenteur. Ce rituel paniqua Kirk Formeroy.

— Qu'est-ce que vous regardez, là-dedans ? Il y a des choses contre moi ?

Le superintendant exploita la faille.

— Vous ne semblez pas avoir la conscience tranquille, M. Formeroy ? À force de perdre au jeu et d'entretenir des maîtresses, n'avez-vous pas été contraint de pousser le chantage un peu loin et de menacer Carla Haverstock de mort pour obtenir l'argent dont vous avez besoin ?

L'agent artistique se leva, furieux.

— Holà ! c'est de la diffamation, ça ! Je pourrais porter plainte !

Formeroy et Marlow se défièrent du regard. Le superintendant était plus petit et moins large, mais plus puissant. Higgins s'interposa.

— Asseyez-vous, M. Formeroy.

— Vous maintenez cette ignoble accusation ?

— Nous verrons plus tard. Comment Carla envisageait-elle l'avenir ?

L'agent artistique parut surpris.

— Eh bien... le prix d'interprétation !

— C'était le présent immédiat ; je veux parler de son prochain film.

Kirk Formeroy se cala à nouveau dans les coussins et se tourna de côté pour éviter le regard de Higgins.

— Je n'en sais rien, moi.

— Impossible, jugea l'ex-inspecteur-chef. Vous

étiez son agent artistique, rappelez-vous ; vous étiez donc informé de ses projets, puisque le contrat qui vous liait vous obligeait à en discuter.

— Elle était indépendante et...

— Ne mentez plus, M. Formeroy.

— Mentir, vous exagérez ! Le secret professionnel, ça existe ?

— Comme vous voudrez.

Higgins rangea le carnet noir dans sa poche, et fit mine de quitter la pièce.

— Vous... vous partez ?

— Nous rendons nos conclusions au commissaire Frémontier, expliqua Marlow ; attendez-vous à une inculpation rapide.

Formeroy s'extirpa des coussins, se rua vers la porte et barra le chemin à Higgins.

— Ça ne va pas du tout ! Oui, Carla avait des projets.

— Lesquels ? demanda Higgins d'une voix posée.

— Je n'en sais rien... et ce n'est pas un mensonge ! Je n'en sais rien... parce qu'elle ne m'avait pas mis dans le coup !

— Difficile à croire.

— J'ai une preuve.

Kirk Formeroy ouvrit le tiroir d'un secrétaire, chaussa ses lunettes à monture d'écaille, chercha nerveusement une lettre et la montra à Higgins.

— Voici une lettre de Carla, datée de la semaine dernière : elle m'annonce sa décision de se passer de mes services et de préparer le contrat de son prochain film sans moi.

Higgins consulta le document qui paraissait authentique.

— Quel était le sujet de son prochain film ?

Formeroy se détourna à nouveau.

— Je l'ignore.

— Qui était au courant ?

L'agent artistique s'empara d'un coussin, le tordit dans ses mains puissantes et le jeta contre le mur.

— Le comte de Marie-Mort, rugit-il.

CHAPITRE XXVII

Le comte Nicolas de Marie-Mort reçut les deux policiers sur la terrasse de son immense demeure, au sommet de la tour gothique crénelée. Installé sous un parasol, il avait adopté une tenue sportive, chemisette à manches courtes et pantalon de coton. La tête toujours bandée, il paraissait las et buvait un thé à la menthe en absorbant de l'aspirine. Le visage était marqué et vieilli. Les boucles d'oreilles avaient disparu, mais les lunettes noires cachaient le regard.

— Désolé de me montrer à vous dans cet état, messieurs ; je ne suis guère présentable.

— Peu importe, dit Higgins ; nous vous souhaitons un prompt rétablissement.

— Même le soleil m'importune...

— Avez-vous été bien soigné ?

— Je n'ai aucune crainte.

— Comment s'appelait le médecin ?

— Je... j'ai oublié son nom.

— C'est curieux, car la clinique *Riva Dolce* a oublié votre passage.

Le comte ne se démonta pas.

— Ah... vous avez découvert ce détail.

— Pourquoi avoir menti au commissaire ?

— Simple coquetterie. Je n'ai jamais fréquenté le moindre médecin et j'ai l'habitude de me soigner seul ; malgré cette blessure, je me suis conformé à mes habitudes. Rassurez-vous, il n'existe pas la moindre trace d'infection.

Scott Marlow s'attendait à une nouvelle attaque de Higgins à propos de la paire de ciseaux et de l'endroit d'où ils provenaient ; mais l'ex-inspecteur-chef se déplaça sur un autre terrain.

— J'ai entendu de tristes rumeurs, monsieur le comte.

— À quel propos ?

— À propos de votre film ; il semblerait que sa sortie soit définitivement compromise en raison de graves soucis financiers.

Le comte rejeta la tête en arrière.

— Vous êtes un redoutable enquêteur, M. Higgins ; avez-vous prêté foi à ces on-dit ?

— Je vous demande précisément de confirmer ou d'infirmer.

Avec distinction, le comte but une gorgée de thé.

— Je suppose que vous avez déjà tout vérifié.

Higgins inclina la tête.

La voix de l'aristocrate devint grave.

— Je suis presque ruiné, en effet ; si Carla était encore vivante, j'aurais peut-être réussi à sortir le film, au moins au festival. L'exploitation, c'est autre chose ; le tournage a coûté dix fois plus que prévu et mes créanciers sont impitoyables. J'espère sauver cette demeure, mais je n'en suis plus certain. Le Cannes d'antan est mort, et je m'approche de la fin... ce palais sera transformé en hôtel ou divisé en appartements, et l'ancienne noblesse aura définitivement disparu.

Quelques nuages blancs jouaient avec le soleil; les hirondelles, arrivées la veille au terme de leur extraordinaire migration, dansaient haut dans le ciel bleu.

— Kirk Formeroy semble avoir quelques difficultés, lui aussi.

— Ne vous faites pas de souci pour lui, inspecteur; il a toujours réussi à payer ses dettes de jeu.

— Sans Carla, ce sera plus difficile.

— Kirk possède un esprit inventif.

— Avant sa mort tragique, elle avait pris la décision de ne plus travailler avec lui.

— J'étais au courant.

— Pourquoi nous l'avoir caché? demanda Marlow.

Nicolas de Marie-Mort sembla étonné.

— Je n'ai pas songé à vous en parler : était-ce si important?

— La vengeance est souvent un mobile puissant, monsieur le comte.

— Kirk, tuer Carla? C'est une plaisanterie! Les géants sont rarement méchants, et celui-là, de plus, est un apathique. Je l'estime incapable d'avoir commis un acte aussi cruel.

— Nous avons recueilli une autre confidence, indiqua Higgins.

— Mon ami Kirk est un bavard impénitent; serais-je concerné?

— Carla Haverstock vous aurait confié ses projets d'avenir.

Marie-Mort se redressa lentement et se cala dans son fauteuil de manière à faire face à Higgins.

— Ce n'est pas un secret ; après *La mort n'est pas une fin*, elle cherchait un rôle très différent, qui lui permettrait de mieux exprimer sa sensibilité. Elle m'a demandé de l'aider.

— Avez-vous réussi ?

— Je lis quantité de mauvais scénarios, mais la chance m'a servi. Véra Drayer avait depuis de nombreuses années une idée qui lui tenait à cœur ; au hasard d'un entretien, elle m'en a parlé et le thème m'a intéressé. Comme elle avait rédigé un premier jet, je l'ai lu et j'ai été conquis.

— De quoi s'agit-il ?

— Le titre provisoire est : *Les Feux de la passion*. C'est un drame psychologique qui se déroule à notre époque ; l'intrigue est plutôt compliquée, mais tout repose sur l'affrontement entre un père et sa fille. Cette dernière est omniprésente, et l'on assiste à sa transformation au gré de mille et un événements. La lecture m'a séduit, et j'ai aussitôt pensé à Carla. Il suffisait de supprimer la première partie de l'histoire ou de la transformer.

— Véra avait accepté ?

— Sans grande difficulté ; elle a un peu discuté mais s'est rendue à mes raisons.

— Et Carla ?

— Enthousiaste. Elle voulait s'impliquer dans ce personnage et y donner toute sa mesure ; c'est pourquoi j'ai demandé à Véra de revoir son texte et de modeler l'héroïne en fonction de Carla.

— A-t-elle effectué ce travail ?

— Désirez-vous le voir ?

— S'il vous plaît.

— Descendons à la bibliothèque.

Marie-Mort appela un valet qui l'aida à marcher. Dans la bibliothèque étaient soigneusement classés les scénarios que recevait le producteur; il trouva sans peine celui de Véra Drayer.

Higgins s'installa à la table de lecture et parcourut *Les Feux de la passion*; ce type de littérature ne l'enchantait pas, mais il lui fallait satisfaire aux exigences de l'enquête.

L'ex-inspecteur-chef nota que plusieurs corrections avaient été apportées au texte; ratures, modifications du comportement de l'héroïne, annotations en marge... Véra Drayer avait suivi scrupuleusement les indications du comte. Le travail était celui d'une professionnelle : découpage, précisions de mise en scène, dialogues adaptés à l'image; le futur metteur en scène aurait eu un excellent support. Même le thème musical, qui revenait à plusieurs reprises, était indiqué : les *Kreisleriana* de Schumann.

— Projet abandonné? demanda Higgins.

— Le thème et le nom de Carla avaient beaucoup plu à mes banquiers; l'affaire était pratiquement conclue et m'aurait permis de survivre à l'échec financier de *La mort n'est pas une fin.* Mais Carla est morte.

Higgins relut plusieurs pages du scénario avec attention; l'intrigue était, en effet, fort complexe, mais le personnage de la jeune femme, qui redevenait elle-même à travers les épreuves et l'hostilité au milieu familial, ne manquait pas de force.

— Comment avez-vous rencontré Véra Drayer? demanda-t-il au comte.

— Lors d'un cocktail au Carlton. Sa culture et sa classe m'ont séduit, je l'avoue; pourtant, on m'avait fortement déconseillé de collaborer avec elle sous prétexte qu'elle était une aventurière sans foi ni loi. J'ai eu raison de ne pas écouter ce prophète de malheur et de suivre mon intuition.

— Pourrais-je connaître le nom du prophète ?

— Denis Murlay.

CHAPITRE XXVIII

Renseignements pris auprès du jeune marin blond qui montait la garde sur le *Toujours-Bleu*, Denis Murlay achetait du poisson au fameux marché Forville où les Cannois aimaient palabrer et choisir rascasse, loup, saint-pierre, lotte, rouget, congre ou s'attarder devant les étals de fruits et légumes, lorsqu'ils n'étaient pas tentés par les andouillettes, les pâtés et les saucisses.

Denis Murlay négociait une huile d'olive de première qualité lorsque Higgins et Marlow l'abordèrent.

— Vous avez pris un coup de soleil, superintendant ; en cette saison, il faut se méfier.

— Seriez-vous cuisinier, M. Murlay ?

— Quand je m'en donne la peine, je suis un véritable cordon-bleu. Je projette des artichauts à la barigoule, de la bouride et une tourte de blettes aux pignons. Si vous voulez vous joindre à moi.

— Notre enquête est trop prenante, précisa Marlow, le visage fermé.

— Satisfaits des résultats ?

— Nous avançons, indiqua Higgins.

— Un coupable en vue ?

— Il nous manque quelques éléments ; peut-être pourriez-vous nous éclairer ?

— De quoi s'agit-il ?

Murlay fit quelques pas, acheta de l'ail et des aubergines, comme s'il se souciait peu de la présence des deux policiers. Cette désinvolture fit bouillir Marlow tandis que Higgins demeurait d'un calme olympien.

— Véra Drayer nous intrigue, révéla l'ex-inspecteur-chef.

— Ah oui ? C'est normal.

— Que savez-vous d'elle ?

— Je ne suis pas un indicateur ; à vous de mener l'enquête, pas à moi.

Le maître des cérémonies cannoises perdait toute amabilité.

— Vous avez déconseillé au comte de Marie-Mort de travailler avec elle, en la qualifiant d'aventurière.

— C'est possible ; je ne m'en souviens plus.

Son cabas lourdement chargé, Denis Murlay discuta avec une marchande de tomates, fit baisser le prix et emporta deux kilos de magnifiques fruits mûrs.

— Je ne vous demande aucun avis personnel susceptible de nuire à Véra Drayer, reprit Higgins, mais seulement des faits. Nous finirons par les découvrir ; votre mutisme peut nous faire perdre du temps, rien de plus.

— Vu comme ça... Pourquoi vous intéressez-vous à cette fille ?

— Elle était présente lors de la projection du film.

Une dame relativement âgée, mais encore fort séduisante et parée de bijoux à l'authenticité indiscutable, sauta au cou de Denis Murlay et l'embrassa sur les deux joues. Il eut quelque peine à s'en délivrer sans la vexer.

— Sortons de ce marché, proposa-t-il ; je connais une arrière-salle de café où nous pourrons être tranquilles cinq minutes.

— Vous êtes une vraie vedette, observa Marlow.

— La rançon de la gloire, superintendant.

Attablés devant trois mominettes dosées avec art, les trois hommes attendirent le départ d'un cafetier volubile pour reprendre leur entretien.

— Assurez-moi qu'il ne s'agit pas d'une déposition, exigea Murlay.

— De simples confidences, indiqua Higgins, entre gens de bonne compagnie.

— Vous n'utiliserez pas mes renseignements contre cette pauvre fille ?

— En aucun cas, si elle n'est pas coupable.

— Ça me rassure.

Le sourire satisfait de Denis Murlay irrita le superintendant au plus haut point.

— C'est moi qui ai accueilli à Cannes Véra Drayer, révéla-t-il. Elle avait des papiers un peu anciens, et il valait mieux que la police n'y regarde pas de trop près.

— Quelle est sa nationalité ?

— Ça inspecteur, je n'en sais trop rien ! Péruvienne, américaine ou allemande, ça dépend des jours et je m'en moque. Seule compte la valeur des êtres et non leur nationalité.

— Cette pensée vous honore, M. Murlay.

— Elle est arrivée sur un grand paquebot italien, le *Michelangelo*, en provenance de New York, avec escales à Gibraltar et à Naples. Où est-elle montée, mystère ! Une femme qui parle autant de langues et qui a voyagé dans le monde entier, ça ne vous suggère rien ?

— Une espionne ? suggéra Marlow.

— Pan ! dans le mille, superintendant ! C'est ce qui m'a fasciné... Une espionne internationale à Cannes, quel beau morceau à mon tableau de chasse !

— Vous voulez dire...

— Ah non ! En tout bien tout honneur... Véra n'est pas une fille facile et elle ne supporte pas les approches trop audacieuses. Le plus drôle, c'était de l'introduire dans le milieu cannois et de la voir évoluer.

Higgins prit quelques notes sur son carnet.

— Pour qui espionnait-elle, à votre avis ?

— Japon, affirma Denis Murlay.

— Une preuve ?

— Des documents, dans son sac. Je ne suis pas fouineur... mais le hasard m'a permis de m'en apercevoir.

— C'est donc grâce à vous qu'elle est devenue assistante de production ?

— Eh oui, inspecteur ; fameuse couverture, non ?

Higgins apprécia la fraîcheur de la mominette.

— Un point m'échappe.

— Lequel ?

— Quel est votre intérêt ? Vous l'accueillez, vous lui évitez des ennuis, vous l'introduisez dans les milieux du cinéma... que lui demandez-vous en échange ?

Murlay s'indigna, la main sur le cœur.

— Pour qui me prenez-vous, inspecteur? Je suis un homme généreux, voilà tout! Et puis il y a le jeu... savoir ce que trame une espionne, n'est-ce pas passionnant?

— Je vous l'accorde.

— Question moralité, je ne sais pas trop où en est Véra... L'important, c'est qu'elle soit discrète.

— C'est une vertu qui se perd, en effet.

— Satisfait, inspecteur?

— On le serait à moins.

CHAPITRE XXIX

— Ce Murlay se moque de nous, estima Marlow.

— C'est tout à fait mon avis, superintendant.

Higgins se dirigea vers le centre de Cannes, le square Lord-Brougham où trônait la statue du fondateur de la cité moderne. Datant de la fin du XIXe siècle, elle représentait l'illustre personnage dans un costume qui n'avait rien de balnéaire. Le visage sévère, vêtu à la mode britannique seyant à son rang, lord Brougham n'avait pas l'air de plaisanter; comme il devait juger sévèrement les starlettes et les femmes frivoles qui oubliaient l'élégance cannoise qu'il avait contribué à imposer! À le regarder, on comprenait que la morale avait un sens.

Au pied de la statue, un lion couché, plutôt goguenard; tout autour, un bassin. Devant le plan d'eau circulaire, un autre bassin en forme de rectangle.

Sur le socle, un poème :

Entre le jour et l'ombre, il veut un peu d'espace;
Il veut l'oubli flottant sur la vague qui passe,
Il veut l'or du soleil dans son ciel obscurci...
Voilà pourquoi, debout, le doigt montrant la terre,

Il enlace au palmier la rose d'Angleterre
Et semble dire : « C'est ici. »

De fait, l'aristocrate posait la main gauche sur un palmier tout en tenant une rose ; comme le précisait le poète, « Cannes, son autre fille, lui tend ses deux bras embaumés ». Et Liégeard avait ajouté, avec un élan que n'aurait pas désavoué Harriett J.B. Harrenlittlewoodrof : « Des veines pures de carare, l'artiste a fait sortir son héros, debout, tête nue, vêtu de la toge du docteur en droit. L'œil vif et perçant paraît sonder l'immensité qu'il embrasse. »

Marlow fut sensible à cette évocation de la grandeur britannique qui savait exporter ses hommes illustres et conquérir le monde ; mais il appréciait de moins en moins les déambulations pédestres que lui imposait son collègue.

L'ex-inspecteur-chef entra dans le hall d'un petit immeuble à l'ancienne, regardant le dos de lord Brougham.

— Où allons-nous, Higgins ?

— Chez Miss Wheaton.

— Une Anglaise ?

— Probablement.

— Qui est-ce ?

— D'après le commissaire Frémontier, c'est la logeuse d'Iris Reldick ; il serait bon de lui poser quelques questions.

— Pourquoi vous intéressez-vous autant à cette starlette ? Elle ne se trouvait même pas à la réception !

— Je veux comprendre son rôle, même s'il est insignifiant ; cela fait partie des quelques détails qui ne doivent pas rester dans l'ombre.

Scott Marlow fut sceptique. Au Yard, on murmurait que Higgins avait été un grand séducteur; ne retombait-il pas dans ses travers au lieu de rester centré sur l'affaire?

Higgins frappa à une porte en chêne; une voix jeune et cristalline lui répondit.

— Qui est-ce?

— Scotland Yard.

Un long silence s'établit; puis la porte s'entrouvrit, laissant apparaître le visage étonné d'Iris Reldick.

— Inspecteur Higgins! Qu'est-ce que vous faites ici?

— Le superintendant et moi-même venions rendre visite à Miss Wheaton.

— La propriétaire de cet appartement? Mais pourquoi...

— La suite de l'enquête, mademoiselle. Quand pourrons-nous la voir?

— Elle séjourne en Angleterre jusqu'à la fin de l'été et m'a permis de rester ici pendant le festival. Vous voulez entrer?

— Si nous ne vous dérangeons pas.

— Bien sûr que non.

— L'appartement de cinq pièces était coquet, décoré avec goût et rempli de livres.

— J'occupe la chambre du fond, expliqua la starlette; je n'ai pas encore les moyens de me payer une suite au Carlton, mais ça viendra!

— Je vous le souhaite, mademoiselle.

Higgins, mains croisées derrière le dos, regarda avec intérêt les rayonnages.

— Bergson, Spinoza, Kant, des traités d'histoire

ancienne, des recueils de poésie... Miss Wheaton dévore les livres les plus difficiles.

— Chacun ses goûts... c'est la fille d'un lord qui est professeur de je ne sais quoi et l'oblige à faire des études sans fin ! La pauvre ne doit pas s'amuser tous les jours. Enfin, elle est riche et ça facilite quand même l'existence. Moi, je n'ai pas cette chance... avec un père chauffeur de taxi et une mère à la maison, je ne démarre pas comme une milliardaire ! Seul le cinéma me permettra de faire fortune. Alors, je donnerai des fêtes, des bals et des réceptions comme on n'en aura jamais vu. Et vous savez où ? Sur la plage du Carlton, dans le hall des palaces et au cœur de la Croisette... tout le monde aura à la bouche le nom d'Iris Reldick !

Le visage de la jolie blonde rayonnait de bonheur et d'espérance ; son regard voyait plus loin que la réalité du moment et créait la plus belle des scènes, la montée de l'escalier du palais du festival, sous les acclamations d'une foule en délire.

— Comment avez-vous connu Miss Wheaton ? demanda Higgins.

— En me manifestant à la terrasse d'un café, lors de mon arrivée à Cannes ; comme je n'avais pas un sou vaillant, j'ai commencé à baisser la bretelle gauche de mon corsage, avec la certitude de recueillir quelques pièces. Miss Wheaton jugea que c'était indécent et elle m'a proposé de m'abriter. Je ne pouvais quand même pas refuser cette aubaine ! Je lui ai dit : « J'ai de la chance. » Ça l'a amusée et me voici correctement logée ! Elle m'a fait promettre de ne rien déranger et de ne pas toucher aux livres... pour ça, aucun risque !

— En ce qui concerne Kant, vous avez peut-être raison, observa Higgins; en revanche, lire une ou deux pièces de Shakespeare ne vous nuirait pas.

— D'abord être célèbre; ensuite, on verra!

L'ex-inspecteur-chef se sentit incapable de s'opposer à ce type de logique.

— Dès demain, annonça la starlette, je frappe un grand coup; grâce à l'appui d'un propriétaire de zoo qui m'a repérée au Carlton, je parcours la Croisette sur le dos d'un éléphant, vêtue d'un slip de bain.

— Ne prenez pas froid, recommanda Higgins.

CHAPITRE XXX

Higgins et Marlow, assis côte à côte sur un banc, regardaient la mer. Des mouettes poussaient leur cri désagréable en suivant le sillage d'un bateau qui sortait du port, de jolies femmes bronzaient sur la plage et des starlettes tentaient d'attirer le regard des photographes.

— Initiative ratée, déplora le superintendant.

— C'est selon.

— Où en êtes-vous vraiment, Higgins ?

— Difficile à dire.

— Vous connaissez mon point de vue : ne repoussons pas l'évidence.

— Je m'en méfie, mon cher Marlow, car elle peut être construite de manière artificielle.

— Quelle est votre hypothèse ?

— J'en ai une bonne dizaine, ce qui prouve mon incapacité d'interpréter correctement les faits. Je me demande si ce climat n'est pas un peu trop lénifiant... mais c'est encore là un signe de faiblesse. Nous sommes toujours responsables de nos insuffisances.

Marlow sentit que son collègue était découragé ; il

l'avait rarement vu dans cet état et commença à craindre qu'il abandonnât l'affaire et rentrât chez lui.

— N'ayez aucune crainte, dit Higgins comme s'il lisait dans la pensée du superintendant ; je n'abandonnerai pas. Si je dois échouer par manque de preuves, je transmettrai le dossier au commissaire Frémontier.

Malgré la température, Marlow frissonna ; non seulement Scotland Yard risquait de s'incliner devant la police française, mais encore la presse mettrait-elle en exergue la malédiction de Toutankhamon réactivée par Sa Gracieuse Majesté. Bref, une épouvantable série de catastrophes.

— Une visite à notre collègue français s'impose, estima Higgins.

***

Frémontier était encore plus crispé qu'à l'ordinaire ; son costume gris contrastait avec la portion de ciel bleu que l'on apercevait depuis la fenêtre de son bureau.

— La situation se dégrade, messieurs ; bientôt, je ne pourrai plus contenir la meute. On va nous accuser d'incompétence et d'incurie.

— Désolé de ne pouvoir avancer plus rapidement, déplora Higgins.

— Avez-vous au moins une piste sérieuse ?

— Pour être honnête...

Frémontier griffonna sur un buvard.

— Ça va, j'ai compris...

— Il me reste quelques cartes à jouer, ajouta Higgins.

— Qu'attendez-vous ?

— Je crains de devoir heurter une personnalité locale.

— Heurter... vraiment heurter ?

— J'en ai peur ; bien que détenteur de votre carte blanche, j'ai tenu à vous en prévenir. Si je me trompe, les dégâts peuvent être assez considérables.

Le commissaire s'entretint avec sa conscience, son sens moral, et quelques autres interlocuteurs intérieurs. Le débat fut bref, mais intense.

— Bon, d'accord. Allez-y. Je ne veux même pas savoir qui c'est.

⁂

Higgins s'arrêta longuement dans le jardin de la villa du comte de Marie-Mort ; la vision des citronniers et des jardiniers méritait qu'on s'y attardât. Noyé dans la verdure, le péristyle aux colonnes ioniques était à la fois ridicule et touchant. Combien de têtes couronnées s'étaient-elles étourdies en cet endroit, cherchant dans le plaisir et l'ivresse l'oubli de vivre ?

Marlow, à qui Higgins avait accordé la faveur d'exposer son plan, se montrait très réticent.

— Le risque me semble énorme ; êtes-vous certain...

— Pas tout à fait, mais nous pourrions ainsi tirer un fil et commencer à démêler l'écheveau.

— Si vous vous trompez ?

— Le comte portera plainte.

— Il faut l'éviter.

— Ai-je votre appui, mon cher Marlow ?

L'ex-inspecteur-chef n'avait pas coutume de solliciter ainsi l'appui du superintendant; sans doute n'était-il pas assuré des résultats de sa stratégie.

Marlow n'avait pas le droit de renoncer à une occasion de connaître la vérité.

— Je vous suis, Higgins.

Le valet au gilet rayé s'interposa.

— Monsieur le comte dort, messieurs; son état de santé ne lui permet pas de vous recevoir.

— Soyez aimable de le réveiller.

— Messieurs! Vous n'y pensez pas...

— Dépêchez-vous, mon ami, si vous ne voulez pas faire obstruction à l'enquête.

Le valet ne possédait pas une âme de sacrifié; il conduisit les deux hommes au cloître roman où Nicolas de Marie-Mort dormait dans une chaise longue, les jambes protégées par une couverture.

Le superintendant toussota; le comte se réveilla.

— Qu'y a-t-il? J'avais donné ordre de ne pas me déranger.

— Notre visite était nécessaire et urgente, expliqua Higgins. Je suis surpris de ne pas voir un chien dans cette vaste demeure.

Cette remarque inattendue acheva de réveiller l'aristocrate.

— Je déteste les animaux, affirma-t-il d'une voix acide, chiens, chats et toute la clique! Est-ce pour me poser une question aussi stupide que vous m'importunez?

Higgins vint se placer à la tête de la chaise longue.

— Votre réponse me navre, mais j'aimerais revenir sur l'attentat dont vous avez été victime.

— Je vous ai décrit la scène en détail... que pourrais-je ajouter?

— La vérité.

Nicolas de Marie-Mort rejeta la couverture et se tourna vers l'ex-inspecteur-chef.

— Pardon?

— Le nom de l'agresseur, par exemple.

— Il faisait noir, je...

— Ce nom, vous le connaissez.

L'aristocrate porta la main droite à son pansement.

— Je souffre, inspecteur! Vous n'avez pas le droit de me torturer.

Marlow redoutait une réaction de ce genre; elle n'empêcha pas Higgins de continuer.

— Ce nom, monsieur le comte, c'est le vôtre.

— Le mien, mais...

— Vous avez inventé cette agression.

— Vous divaguez, inspecteur! Et ma blessure?

— Votre blessure est bien réelle, mais elle résulte d'une tentative de vol avec effraction.

Marie-Mort se leva, tremblant, et tenta de faire face à Higgins.

— Vous rendez-vous compte...

— Vous avez brisé la fenêtre qui donne accès au local où Monsieur Marcel conserve ses films. En raison de votre manque d'expérience dans le domaine du cambriolage, vous vous y êtes mal pris; en vous glissant dans la pièce, vous vous êtes éraflé la tempe à un morceau de verre brisé. Le prouver sera aisé; l'examen attentif de votre blessure démontrera qu'elle n'a pu être faite que de cette manière.

Seul Marlow savait que l'argument avancé par

Higgins n'avait qu'une valeur très relative; néanmoins, il impressionna fortement le comte de Marie-Mort qui, effondré, s'assit à l'extrémité de la chaise longue.

— C'était un acte stupide, reconnut-il.

— Pourquoi vouliez-vous récupérer le film qui a été projeté chez vous en votre absence?

— Non, ce n'est pas ça...

— Avez-vous volé ce film, monsieur le comte?

— Non, je vous jure que non!

— Qu'y avait-il sur ce film, pour déclencher votre expédition malheureuse?

Le regard de Marie-Mort se perdit dans le vague.

— Je l'ignore, inspecteur.

— Nous le saurons bientôt.

— Comment?

— En regardant le film, dit Higgins avec calme.

CHAPITRE XXXI

Cette fois, Marlow avait envie de marcher ; le trajet entre la villa du comte de Marie-Mort et le Suquet lui permit de reprendre ses esprits.

— Vous aviez donc raison, Higgins.

— Ce n'est qu'un début, superintendant.

— Connaissait-il le contenu du film, à votre avis ?

— Il mélange mensonge et vérité... mais je crois qu'il l'ignorait. Son comportement m'a intrigué ; lorsqu'on a évoqué le film, il a paru mal à l'aise. Nous devons découvrir la raison de son angoisse.

— N'a-t-il pas réussi à le voler ?

— Il aurait réagi de manière différente.

— Si nous pouvions dénicher ces maudites images !

— Essayons, mon cher Marlow.

— Vous... Vous avez une piste ?

— Je vais abattre une seconde carte, en espérant qu'elle sera aussi efficace que la première.

— Faut-il de nouveau prévenir Frémontier ?

— Cette fois, nous pourrons nous dispenser de cette formalité.

***

Dans un premier temps, Monsieur Marcel refusa d'ouvrir sa porte; dans un second, il prétexta un ennui de santé; dans un troisième, il céda à l'obstination de l'ex-inspecteur-chef.

— Ça ne va pas? s'enquit le superintendant.

— Non, répondit Monsieur Marcel, le front caché par sa casquette; un malaise digestif. Si vous me laissiez tranquille, je retournerais me coucher.

— C'est malheureusement impossible, regretta Higgins; nous devons aborder ensemble un point délicat de l'enquête.

Monsieur Marcel alluma une cigarette qui vint se coller sur sa lèvre inférieure.

— Je ne suis pas policier, moi.

— Vous intéresserait-il de connaître le nom de l'homme qui a volé le film projeté chez Marie-Mort?

— Non, je ne veux rien savoir de tout ça... c'est votre affaire, pas la mienne.

Higgins feignit d'être ennuyé.

— J'ai mal posé ma question, Monsieur Marcel.

Le projectionniste regarda l'ex-inspecteur-chef par en dessous.

— Que voulez-vous dire?

— Je voulais parler de l'homme qui a *tenté* de voler le film.

— La différence m'importe peu.

— Vous avez tort; le comte de Marie-Mort a fait une tentative malheureuse, mais le véritable voleur, ce n'est pas lui.

Le technicien s'emporta.

— Ainsi, c'est ce vieil aristocrate qui a brisé la fenêtre de ma remise et s'est introduit chez moi ; j'espère qu'il dormira ce soir en prison !

— Au commissaire de décider si la violation de domicile justifie la garde à vue.

— Qu'on me rende le film ! Il l'a caché chez lui, c'est sûr !

— Vous m'avez mal compris, dit Higgins, conciliant ; le véritable voleur, c'est vous.

Les lèvres du projectionniste s'entrouvrirent et la cigarette papier maïs tomba sur le sol du jardinet.

— Moi ? Mais vous venez d'accuser Marie-Mort de...

— Il n'avait aucune chance de trouver le film, poursuivit Higgins, puisque vous ne l'avez ni étiqueté ni numéroté. Imaginez l'affolement de ce pauvre Marie-Mort ; il tremble en brisant la vitre, se blesse au passage, explore en vain votre caverne aux trésors et repart bredouille. Vous ne lui aviez laissé aucune chance.

Le projectionniste ramassa la cigarette, vérifia qu'elle n'était pas éteinte et la remit à sa place habituelle.

— Sale voleur... Mettez-le en prison !

— Où est le film, Monsieur Marcel ?

— Occupez-vous du comte puisque vous l'avez identifié.

— Donnez-nous immédiatement cette pièce à conviction, ou nous faisons procéder à une fouille en règle.

L'argument porta de manière décisive ; le projectionniste se plaqua les bras en croix, contre la porte de son sanctuaire.

— Vous n'avez pas le droit ! C'est toute ma vie qui est ici !

Higgins s'exprima sur un ton à la fois doux et ferme.

— Nous n'avons pas l'intention de détruire votre œuvre, mais vous devez restituer le film que vous avez dissimulé.

— Vous n'oserez pas entrer !

— Si, affirma Marlow.

Monsieur Marcel comprit qu'il avait perdu la bataille.

— Attendez-moi.

Il pénétra dans sa caverne aux trésors et referma la porte derrière lui.

— Et s'il détruisait le film ? murmura Marlow, inquiet.

— Ce n'est pas son intérêt, estima Higgins, placide.

Les recherches du technicien furent de brève durée ; deux minutes plus tard, il présenta le précieux objet aux policiers.

— Pourquoi avez-vous agi de la sorte ? demanda Higgins.

— Ça me regarde.

— Eh bien, regardons ensemble. Seriez-vous assez aimable pour nous projeter ce document ?

Bougon, traînant les pieds, le geste lent mais précis, Monsieur Marcel s'exécuta.

Sur le petit écran qu'il avait déployé, Anita Guzman, la mère de Carla Haverstock, ressuscita. Les premières images étaient mauvaises et tremblaient ; puis la qualité s'améliora un peu. Ce n'était qu'un travail d'amateur, peu habitué au maniement de la caméra.

La séquence montrant Anita Guzman se promenant au bord d'une plage, peut-être celle du Carlton, n'était pas dépourvue de charme : l'actrice était si jolie que, malgré les défauts techniques, elle parvenait à captiver le spectateur. D'après Higgins, elle possédait la même magie que Greta Garbo.

— Cette fois, dit Monsieur Marcel, le film ne cassera pas ; je l'ai soigneusement réparé.

Anita Guzman faisait du vélo, elle pédalait à ravir ; la robe longue donnait à la scène un air désuet.

— À mon avis, dit le projectionniste, c'est le long de l'ancien chemin de fer : regardez, à gauche... on voit encore les rails.

Monsieur Marcel se prenait au jeu ; oubliant qu'il avait commis un acte délictueux, il ne s'intéressait plus qu'à ce film chargé de souvenirs.

Anita Guzman essayait des chapeaux ; son port de tête était magnifique.

— La boutique a disparu, regretta Monsieur Marcel ; aujourd'hui les femmes ne savent plus s'habiller.

La mère de Carla prenait le thé dans un jardin en compagnie de quelques amis ; les lèvres remuaient, mais les paroles resteraient inconnues. Au milieu des citronniers et des orangers, ce moment de repos semblait délicieux.

Soudain, au bas du film, apparurent des indications ; le cinéaste amateur avait identifié les personnages en inscrivant leur nom à la main sous leur visage, lorsqu'il les prenait en gros plan.

Anita Guzman la première, puis un marquis, un lord et un homme jeune, très beau, dont Higgins avait déjà vu le visage. Son comportement était significatif ; ignorant sans doute qu'il était filmé, il contemplait l'actrice avec des yeux remplis d'amour et lui embrassait la main avec une fougue qui outrepassait les convenances.

Son nom s'inscrivit sur l'écran : comte Nicolas de Marie-Mort.

CHAPITRE XXXII

Par acquit de conscience, Higgins laissa le film se dérouler jusqu'à sa fin ; on y voyait Anita Guzman danser lors d'un bal, cueillir des fleurs et participer à des festivités.

Monsieur Marcel ralluma la lumière.

— Voilà, messieurs ; vous avez tout vu et la projection s'est déroulée de manière impeccable.

— Je comprends mieux votre attitude, indiqua Higgins ; vous vouliez faire chanter Marie-Mort.

Le technicien ralluma sa cigarette.

— Je ne savais même pas qu'il figurait sur le film... quand on projette, on ne remarque rien.

— Monsieur Marcel... dit Higgins, à la manière d'un professeur débonnaire rectifiant un élève indiscipliné.

L'accusé baissa la tête.

— D'accord, je savais... mais pour le chantage, ça ne tient pas debout ! Vous avez vu la tête du soupirant : ce n'est pas Marie-Mort. Le type qui a inscrit les noms s'est trompé, c'est évident.

Scott Marlow demanda une nouvelle projection.

Monsieur Marcel avait raison. L'homme qui

paraissait éperdument amoureux de la belle Anita Guzman ne possédait pas grand-chose en commun avec le comte; Higgins, néanmoins, dessina le visage avec précision sur une pleine page de son carnet noir.

— Si vous ne songiez pas au chantage, pourquoi avoir conservé le film de manière illicite et avoir prétendu qu'on vous l'avait volé?

— C'est une rareté, inspecteur, une pièce de musée. Je ne pouvais pas laisser passer une occasion pareille... Puisque Carla était partie sans l'emporter, qui d'autre que moi aurait pu veiller sur lui?

— Avez-vous signalé au comte que son nom figurait sur le film?

— Sûrement pas! protesta Monsieur Marcel avec véhémence; je ne veux pas d'ennuis avec ces gens-là. Qu'ils se débrouillent entre eux.

— Une dernière question, pour le moment : c'est bien en voyant la scène où le nom de Marie-Mort apparaît sur l'écran que Carla Haverstock s'est enfuie?

— Affirmatif, inspecteur. Dites-moi...

Le projectionniste hésita.

— Dites-moi, pour le film... est-ce que je peux quand même le garder?

— Je le place sous votre protection, déclara Higgins avec gravité.

***

Le valet au gilet rayé se rengorgea.

— Voir la chambre qu'occupait Mlle Carla? Je ne sais pas si monsieur le comte...

— Nous y montons directement, indiqua Scott Marlow sur un ton qui ne supportait pas la réplique ; prévenez le comte de notre présence.

Higgins avait en tête un endroit précis : celui où se trouvait la photographie d'un homme mince, élégant, à la fine moustache et aux favoris taillés avec art, au cou enserré dans un col glacé.

Mais elle avait disparu.

— Nous avons un peu de retard, mais c'est sans conséquence. Asseyons-nous et attendons le comte.

Marie-Mort ne tarda pas à surgir. Costume violet, pochette verte et lavallière lui donnaient à nouveau une allure de producteur conquérant et vaguement dédaigneux ; la taille du pansement avait diminué.

— Où avez-vous caché votre photographie ?

— Je ne comprends pas, inspecteur ! Vous faites intrusion chez moi, vous...

— Nous avons vu le film, monsieur le comte.

La révélation assomma l'aristocrate.

— Le film... celui où Anita Guzman...

— Celui-là même.

— Mais moi, je ne l'ai pas vu !

— La scène qui vous intéresse est brève et émouvante : elle montre un jeune homme, du nom de Nicolas de Marie-Mort, qui fait une cour assidue à une jolie actrice.

— Qui a osé m'identifier ?

— Un cinéaste amateur qui a eu la bonne idée de préciser les noms des personnages.

— Il a dû commettre une erreur.

Higgins consulta son carnet noir, relut quelques notes, et regarda le comte droit dans les yeux.

— Acceptez-vous de parler ou dois-je le faire à votre place ?

— Je n'ai rien à dire.

Dans sa précipitation, Nicolas de Marie-Mort avait oublié ses lunettes noires ; sans cet écran, il se sentait vulnérable et presque nu.

— Vous êtes tombé amoureux d'Anita Guzman, expliqua Higgins, ce que personne ne saurait vous reprocher. Elle était superbe, vous étiez séduisant ; de votre passion est née une fille, Carla. Pour vous, une catastrophe. Un comte de Marie-Mort ne pouvait épouser une actrice et, moins encore, reconnaître un enfant. La chance, si l'on peut dire, vous a servi ; non seulement Anita Guzman n'a fait aucun scandale, mais elle a adopté votre point de vue et a même eu le bon goût de mourir dans un accident de voiture alors que Carla était encore une petite fille.

— Déjà un accident de voiture, commenta Scott Marlow.

Paniqué, le comte se tourna vers le superintendant.

— Vous n'allez quand même pas m'accuser de... Carla et moi, c'était... non, nous ne nous connaissions pas ! Je suis étranger à ces drames !

Higgins, quoiqu'il jugeât déplorables ces dénégations, poursuivit sans agressivité.

— Délivré de la présence d'une maîtresse devenue encombrante, vous l'étiez aussi de votre fille, persuadée que son père était mort. Anita Guzman vous avait juré de ne rien dire, et elle avait tenu parole ; le seul souvenir de vous qu'elle avait légué à sa fille, c'était une photo des temps heureux sur laquelle Carla avait écrit à la main le mot « papa ». Cette photographie que vous avez retrouvée en fouillant la chambre où vous logiez votre fille et que vous avez fait disparaître... un peu plus tard.

— Ce n'est pas moi !

— En ce cas, faites-la ressurgir avant que nous ne demandions une perquisition en règle.

— Le valet de chambre l'aura mal rangée ; patientez un instant.

Mise en scène lamentable, estima l'ex-inspecteur-chef.

Tremblant, Marie-Mort arracha le document au valet et le remit à Higgins ; Marlow s'approcha.

— Comme vous le constatez, superintendant, il s'agit bien de l'homme du film.

— Et vous constatez aussi que ce n'est pas moi ! s'indigna le comte.

— Vous êtes un caméléon, jugea Higgins ou, du moins, vous tentez de l'être pour échapper à votre propre lâcheté ; mais le destin vous a rattrapé.

Higgins compara son dessin et la photographie.

— Le meilleur des chirurgiens esthétiques ne peut parvenir à transformer totalement un visage ; il est obligé de prendre appui sur une structure existante. Les ressemblances entre le séducteur d'antan et le producteur d'aujourd'hui sont beaucoup plus nombreuses qu'il n'y paraît au premier abord ; détaillons-les ensemble.

— Ça suffit, inspecteur !

Le comte mordit son poing serré, comme s'il tentait de s'étouffer.

— Vous avez eu si peur de votre propre fille que vous avez changé de visage afin qu'elle ne vous reconnaisse jamais, continua l'ex-inspecteur-chef. Précaution d'autant plus utile que, la voix du sang s'étant exprimée, elle s'est engagée sur le chemin de sa mère en devenant actrice. Et c'est vous, le père, qui l'avez abandonnée, qui êtes devenu le producteur du film dont elle attendait la gloire.

— J'ai voulu la recevoir chez moi, déclara piteusement le comte, pour la voir vivre, la connaître mieux...

— Étiez-vous décidé à lui dire la vérité ?

— Non... après tant d'années, c'était impossible !

— Lorsque Carla a vu la scène où vous apparaissiez en chevalier servant, elle a aussitôt compris que vous étiez son père. Bouleversée, elle s'est enfuie et a voulu mourir ; c'est pourquoi, contrairement à ses habitudes, elle a roulé à tombeau ouvert en prenant la première route venue. Vous rendez-vous compte que vous êtes responsable de la mort de votre fille ?

— Non ! hurla Marie-Mort, c'était un accident !

— Un crime, rectifia Marlow.

Le comte blêmit.

— Vous n'imaginez pas que... vous n'osez pas imaginer...

L'aristocrate était au bord du malaise.

— Vous saviez que le film qui serait projeté chez vous était consacré à Anita Guzman, rappela Higgins.

— Oui, avoua Marie-Mort.

— Kirk Formeroy vous avait donc mis dans la confidence.

— C'est exact, inspecteur.

— Vous craigniez que, dans ces images consacrées à Anita Guzman, figurât son prétendant.

— En effet, mais j'espérais que non. Il y avait si peu de chances pour que ma fille me reconnût.

— C'est pourquoi vous avez simulé une panne de voiture afin d'être absent, avec l'espoir que tout se passerait bien.

Effondré, le comte hocha la tête affirmativement.

— Sans doute avez-vous songé à dérober le film avant la projection ; mais Monsieur Marcel le montait, et vous n'avez pas osé vous en approcher.

Le comte de Marie-Mort pleura en silence.

CHAPITRE XXXIII

Le commissaire Frémontier dessina une fleur ratatinée sur son carnet.

— Beaux résultats, messieurs ! J'avais raison de croire en vos méthodes... Beaucoup de choses s'expliquent. Mais il reste l'incendie volontaire de la voiture de Carla. Rien ne nous permet d'accuser formellement Marie-Mort.

— Rien ne nous permet de l'innocenter, estima Marlow ; comme tous les invités se sont dispersés après la réception, n'importe lequel d'entre eux pouvait suivre l'actrice. Pour Marie-Mort, c'était encore plus facile que pour les autres, puisqu'il était absent ; il lui suffisait d'attendre la sortie de sa fille et de la filer jusqu'à ce qu'elle sorte de la route.

Frémontier grimaça.

— Ça impliquerait un sadisme phénoménal ! En fait, il vous aurait menti une fois de plus ; sachant qu'il figurait nommément sur le film, il aurait demandé à Formeroy d'organiser cette projection en préméditant chaque étape de son crime. Épouvantable... je n'ai jamais rencontré un tel criminel !

— On peut tout attendre d'un homme qui

n'hésite pas à changer de visage pour ne pas être reconnu de sa fille.

— Ça se défend, admit Frémontier.

— Pourriez-vous convoquer les témoins de la projection ? demanda Higgins. Il serait bon de leur poser une ou deux questions dans le cadre de votre bureau.

***

Harvey Akin, chemise ouverte, mal rasé, refusa de s'asseoir.

— Je déteste les commissariats... impossible de saisir l'instant absolu dans cet univers de paperasses et de soupçons. Vous feriez mieux de changer de métier et de m'aider à tenir la caméra.

— Nous y songeons, dit Frémontier.

— N'avez-vous pas remarqué des inscriptions sous les images du film ? demanda Higgins.

— Quel film ? Je ne m'intéresse pas aux images des autres.

— Après la projection, chez Marie-Mort, où êtes-vous allé ?

— Chercher l'instant absolu... autrement dit, un martyr qui accepterait de se jeter du haut d'un lampadaire. Si vous ne m'aviez pas interrompu, j'aurais réussi ; je ne renoncerai pas. Tant pis... Je serai obligé de tout accomplir moi-même.

— Vous-même fûtes un héros, rappela le superintendant. Pendant la dernière guerre, vous avez été décoré.

Akin, comme s'il avait froid, serra les pans de sa chemise.

— Qu'on ne me parle plus de ça !

— Spécialiste des bombes incendiaires... c'est bien à ce titre que les commandos de la Gironde vous ont recruté ?

Le cinéaste se leva.

— Si vous m'accusez de meurtre, allez-y ; je filmerai ma mise à mort.

Harvey Akin sortit du bureau en claquant la porte.

***

— Je n'ai vraiment pas prêté attention à ce film, affirma Véra Drayer ; les vedettes du passé ne m'intéressent pas, Anita Guzman pas davantage qu'une autre. Si j'avais remarqué le nom du comte de Marie-Mort, le détail m'aurait amusée et je lui en aurais parlé.

— Où êtes-vous allée après cette réception ratée ?

La blonde sculpturale réfléchit quelques instants.

— Je suis rentrée chez moi et j'ai passé des coups de téléphone à des metteurs en scène.

— Vérifiables ? demanda Frémontier.

— Sans difficulté ; voici leurs noms, leurs adresses et leur numéros.

***

Lorsque Henriette Villadou entra dans le bureau du commissaire, ce dernier avait vérifié les dires de Véra Drayer. Elle n'avait pas menti.

— De quoi m'accuse-t-on encore ? demanda la brunette, inquiète.

— N'auriez-vous pas repéré les noms permettant

d'identifier les personnages du film projeté chez le comte ? demanda Higgins, sans brusquerie.

— Mais... je vous l'ai dit ! Je me suis occupée du caniche et n'ai même pas regardé l'écran.

— Après la réception, où êtes-vous allée ?

Henriette Villadou baissa les yeux.

— J'ose à peine...

— Osez, mademoiselle.

— Je suis allée acheter une nouvelle scie à métaux... La veille au soir, j'avais constaté la disparition de l'ancienne.

⁂

Denis Murlay, en chemise à fleurs et pantalon jaune, paraissait très à l'aise.

— Combien de fois faudra-t-il vous répéter que je n'ai même pas jeté un œil au film ? Je ne sais pas ce que vous voulez me faire avouer, mais n'espérez pas me mener en bateau.

— Votre emploi du temps, sitôt après la réception ? demanda Marlow, irrité.

— Je ne m'en souviens pas... ah si ! Je suis allé voir le gérant d'un de mes bars ; et puis j'ai regagné le *Toujours-Bleu*. Désirez-vous connaître le détail de ma soirée ?

— Inutile, dit Frémontier. Vous êtes libre.

Quand Murlay fut sorti, le commissaire s'adressa à ses collègues.

— Alibi invérifiable, jugea-t-il.

⁂

Kirk Formeroy tassa son grand corps sur une petite chaise. Une nouvelle ride creusait son front ; derrière les verres des lunettes, les yeux vacillaient souvent dans le vague.

— Ne mentez plus, recommanda Higgins ; je suis persuadé que vous aviez visionné le film et que vous aviez vu le nom du comte de Marie-Mort.

— J'avais regardé les extraits pour les sélectionner, c'est vrai... mais je n'ai pas prêté attention aux inscriptions. Même si j'avais noté le nom du comte, quelle importance ?

Un lourd silence lui répondit.

— Qu'avez-vous fait, à l'issue de la réception ?

— Ils sont tous partis, je suis monté dans ma chambre. Pour moi, quel fiasco ! J'attendais le retour de Carla afin de lui demander des explications.

— Malheureusement, observa le commissaire, elle ne reviendra jamais.

CHAPITRE XXXIV

La rascasse du moine confinait au sublime; Marlow ne bouda pas son plaisir, bien que Higgins manquât d'appétit.

— Quelque chose ne va pas, dit le moine à l'ex-inspecteur-chef; préférerais-tu du loup?

— Le plat est excellent; c'est la nature humaine qui ne passe pas.

Marlow posa sa fourchette.

— Avez-vous échafaudé une hypothèse solide?

— Finissez cette rascasse, superintendant; on ne doit pas insulter un chef-d'œuvre.

Le moine se fit discret; voir Higgins aussi sombre lui fendait le cœur. Mais il savait que le chemin d'un inspecteur du Yard n'était pas parsemé de roses et de lys.

Le goût du Bandol parut soudain moins ensoleillé; Marlow sentit, lui aussi, que l'enquête n'était pas allée jusqu'au terme de l'horreur.

— Je vous propose une nouvelle promenade, superintendant; venir à Cannes sans découvrir le sommet du Suquet serait un péché.

Les deux policiers montèrent en silence les escaliers qui conduisaient à Notre-Dame d'Espérance, dont la construction avait commencé au début du XVIe siècle pour remplacer une chapelle romane devenue trop exiguë pour accueillir les fidèles. Deux mille florins, quinze écus et cinquante barils d'anchois avaient financé les travaux menés à bien en 1641. L'édifice était plutôt triste ; au fronton, une croix reposait sur une tête de mort et des ossements. À gauche, en entrant, sainte Rita, qui n'acceptait que des fleurs fraîches, accueillait les âmes en peine. Marlow résista à la tentation de lui adresser une prière pour dissiper les ombres du crime.

Toujours sans mot dire, Higgins fit découvrir au superintendant la place voisine, ornée de pins et de tilleuls ; s'élevait là une Vierge à l'enfant, inaugurée le 31 mai 1948 par le cardinal Gerlier, archevêque de Lyon et primat des Gaules. Elle regardait le pont et protégeait les marins.

Le sommet du Suquet était un harmonieux mélange de sacré et de profane ; l'église, la tour fortifiée et les murs puissants de l'ancien *castrum* qui avait donné son nom à la place de la Castre formaient un ensemble ramassé sur lui-même, préservant la sagesse et la beauté du passé.

L'endroit était désert ; un vent frais venant de la mer atténuait la chaleur printanière. Higgins, mains croisées derrière le dos, progressa sur les vieux pavés entre lesquels poussaient quelques herbes folles. Nichées dans l'ancienne enceinte, quelques maisons s'abritaient derrière des glycines et des rosiers.

L'ex-inspecteur-chef s'immobilisa.

— Lorsque les hommes recherchent l'harmonie,

mon cher Marlow, ils parviennent parfois à créer des lieux comme celui-ci. N'avez-vous pas le sentiment de dominer cette Méditerranée qui a vu naître tant de civilisations ?

Marlow craignit que Higgins ne sombrât dans l'un de ces élans mystiques dont il était coutumier et qui lui faisaient oublier les exigences de la logique ; mais l'ex-inspecteur-chef sortit son carnet noir, s'assit sur un banc et consulta ses notes.

— Puis-je m'installer à vos côtés, Higgins ?

— Serais-je devenu si inhospitalier ?

— Vous paraissez si sombre...

— Je le suis, mon cher Marlow. Devant un tel drame, on se demande comment on pourra encore éprouver quelque joie.

— Vous avez déjà affronté tant d'assassins et tant de crimes.

— La force de l'habitude n'existe pas ; vous le savez aussi bien que moi.

Marlow ne nia pas.

— Qui avait intérêt à tuer Carla Haverstock ? Voilà l'unique question à laquelle il fallait répondre. Je me la suis posée cent fois. Les éléments manquaient, il est vrai ; le mirage qui nous était proposé était si énorme et si vraisemblable qu'il nous aveuglait. Nous l'avons suivi, fascinés, envisageant tour à tour la culpabilité de chaque témoin, sans soupçonner une monstrueuse machination. C'était pourtant bien le cas.

Trois hirondelles qui jouaient dans l'azur attirèrent l'attention de l'ex-inspecteur-chef ; avec une vélocité incroyable, elles fonçaient vers les créneaux de la tour, les évitaient au dernier moment, poussaient une multitude de petits cris et dessinaient des courbes dans le ciel. Ce spectacle arracha un demi-sourire à l'ex-inspecteur-chef.

— Par bonheur, mon cher Marlow, la vie ne se limite pas à l'espèce humaine.

Higgins se leva.

— Venez, superintendant; je dois vous montrer un endroit dont vous vous souviendrez.

Au pied de la tour, un jardin; puis trois marches qui conduisaient à une minuscule place, un peu à l'écart. Au fond, un banc de marbre blanc.

Scott Marlow s'approcha et déchiffra l'inscription : *Peace which the world cannot give*, « La paix que le monde ne peut pas donner », autrement dit le repos éternel.

Le banc était dédié par la reine Victoria à son huitième enfant, le duc d'Albany, décédé à Cannes, à la villa Névada, le 28 mars 1884, et reposant à l'abbaye de Windsor. Un texte de l'Apocalypse ajoutait : « Heureux sont dès à présent les morts qui meurent au Seigneur. »

— La reine Victoria est donc venue ici...

— Cinq jours en 1887, révéla Higgins. Elle fut accueillie en gare de Cannes le jeudi 13 mars par une brigade de gendarmerie et un bataillon de chasseurs, pendant que cinq cuirassés anglais et trois français tiraient des salves de vingt-cinq coups de canon. La reine, désireuse de connaître la « colonie » fondée par un de ses ministres, résida à la villa Edelweiss. À vous de prolonger l'enquête; je n'en sais pas davantage; si j'ai tenu à vous faire ce petit cadeau, c'est parce que vous m'avez beaucoup aidé.

Scott Marlow ne sut que répondre; il n'entrait pas

dans les habitudes de Higgins de distribuer des éloges.

— Je me reproche de n'avoir pas vu clair plus tôt, continua l'ex-inspecteur-chef; mais était-ce possible? Et aujourd'hui, je m'interroge : faut-il laisser le destin s'accomplir?

— Que voulez-vous dire, Higgins?

L'ex-inspecteur-chef, contrairement à ses habitudes, confia au superintendant son interprétation de l'affaire Haverstock. Pendant une dizaine de minutes, dans le calme et le recueillement du plus vieux site cannois, Higgins exposa une suite d'abominations qui firent frémir Marlow, et lui proposa une conduite à suivre.

— Je suis à vos côtés et je vous approuve, déclara le superintendant.

CHAPITRE XXXV

Denis Murlay faisait cuire des œufs dans la cuisine de son yacht, songeant au brillant festival qui s'annonçait et aux excellentes recettes promises à ses bars, lorsqu'un signal d'alarme tout à fait inhabituel résonna dans le port de Cannes.

Murlay sursauta.

— Qu'est-ce que c'est ?

Le jeune homme blond, affalé sur une banquette, ne leva pas les yeux de sa bande dessinée.

— Ça ne m'intéresse pas.

— Je vais voir... Ce bruit-là ne me dit rien qui vaille.

Murlay descendit à terre et gagna la jetée principale où une foule nombreuse s'était rassemblée ; il se fraya un passage pour arriver au premier rang et découvrit un spectacle hallucinant.

Un petit bateau s'était échoué contre la jetée ; la voile était déchirée et le moteur hors d'usage. Long d'une dizaine de mètres, il pouvait être manœuvré par un navigateur solitaire mais expérimenté. Sur une barre métallique fixée à la proue, comme la corne d'une licorne, était solidement attaché le cadavre d'un homme; à son cou pendait une caméra, accrochée à une chaîne métallique.

— Bon Dieu, murmura Murlay, Harvey Akin... ce n'est pas croyable!

⁂

La chance favorisa le commissaire Frémontier; quatre nouvelles se partagèrent la une des journaux, s'annihilant les unes les autres.

Un Cannois de soixante-dix ans avait décroché le gros lot de la Loterie nationale; Carla Haverstock venait de mourir dans un accident de voiture; le cinéaste Harvey Akin avait péri dans un accident de circulation maritime; un impôt nouveau allait être créé. La plus grande photo était celle du gagnant à la loterie; Carla Haverstock, qui n'était qu'une actrice de second plan, avait droit à un petit portrait. Akin, cinéaste inconnu, à quelques lignes. Quant au nouvel impôt, on expliquait qu'il était indispensable pour financer la justice sociale.

Frémontier jeta le journal à la corbeille.

— Ouf... nous passons à côté du scandale; le festival commencera dans la joie, les paillettes et les flashes. Dans deux jours, les journalistes auront oublié Carla et Akin; ils auront suffisamment de potins à se mettre sous la dent.

« Ouf », pensa Marlow; cette horrible affaire s'éteignait d'elle-même sans que le renom de la reine d'Angleterre eût été entaché.

— Quels sont les résultats de l'autopsie? demanda Higgins.

— Harvey Akin est mort noyé; ce pauvre type a absorbé une quantité incroyable d'eau de mer.

— Y avait-il un film dans la caméra?

— Caméra étanche, inspecteur; oui, il y en avait un. Une seule prise de vue : une vague. Une vague énorme qui a dû l'assommer. Harnaché comme il l'était, il a dû plonger et replonger; le bateau a dérivé et est rentré seul au port. Aucun miracle : le régime des vents.

— On ne peut rêver plus bel accident, commenta Scott Marlow, serein.

— Accident, dit le commissaire, sceptique, c'est bon pour les journaux.

— Des doutes? interrogea Higgins.

— Le beau traumatisme crânien peut encore s'expliquer de manière naturelle; mais plusieurs détails m'intriguent. Par exemple, le nom du propriétaire du bateau : comte Nicolas de Marie-Mort.

— L'avez-vous interrogé, commissaire?

— Il m'a répondu qu'il avait prêté ce rafiot à Akin pour qu'il continue ses expériences.

— Convaincant, jugea l'ex-inspecteur-chef.

— Il y a plus gênant; j'ai convoqué deux personnes dont le comportement infirme peut-être la thèse de l'accident.

Frémontier, très élégant dans son costume prince-de-Galles, ouvrit lui-même la porte de son bureau.

— Entrez, Monsieur Marcel.

Tenant sa casquette à la main, le projectionniste avança à petits pas.

— J'ai du travail, commissaire; au palais du Festival, on a besoin de moi.

— Simple formalité.

— Ah bon...

— On vous a vu, sur le port, quand Akin a pris la mer. Le temps n'était pas fameux.

— C'est possible.

— Des témoins oculaires affirment que vous lui avez apporté une corde.

— C'est possible.

— Possible ou certain ?

Monsieur Marcel tortura sa casquette.

— Akin m'avait demandé un service... je n'avais aucune raison de le lui refuser.

— Rien d'autre à déclarer ?

— Non... rien du tout.

— Ça ira.

Le projectionniste s'éclipsa.

— J'ai mieux, annonça le commissaire, en ouvrant la porte du bureau d'à côté. Entrez, M. Murlay.

Denis Murlay, inquiet, découvrit Higgins et Marlow.

— Tiens... vous n'êtes pas partis ?

— Asseyez-vous, ordonna Frémontier.

— J'ai dix rendez-vous en même temps, affirma Murlay ; si vous pouviez être bref.

— Trois témoins oculaires vous ont vu discuter avec Akin avant qu'il monte sur le bateau. La discussion était très vive ; l'un d'eux vous a entendu dire : « Fais pas l'imbécile, tu risques ta peau. »

— Je ne le nie pas.

— C'était une menace, Murlay, et Akin est mort... noyé. Et si quelqu'un avait maquillé un crime en accident ?

— Une menace ? Mais pas du tout ! Une mise en garde, oui ! J'ai jugé son projet complètement insensé et je n'ai pas eu tort. Akin, c'était un bon copain ; mais sa folie l'a conduit vers l'abîme.

— Vous avait-il confié ses projets ?

— Tout le monde les connaissait : fixer l'instant total. Ce coup-là, il voulait fuir la terre et filmer la vague à son apogée, au moment où elle touche le ciel. J'ai tenté de lui expliquer que la mer était dangereuse, mais c'était justement ça qui lui plaisait. Quel gâchis... Harvey ne méritait pas une fin aussi atroce.

— Bon, ça va... allez à vos rendez-vous.

— Passez me voir au *Toujours-Bleu*, commissaire ; je vous préparerai un petit festin.

Denis Murlay partit très détendu.

— Ce type me tape sur les nerfs ! s'exclama Frémontier. Et tout ça ne nous mène nulle part.

— Mais si, commissaire, intervint Higgins, rassurant ; nous approchons du terme de cette affaire.

Frémontier fit une boule de son buvard.

— Vous savez qui a tué Carla Haverstock et Harvey Akin, n'est-ce pas ?

— Oui.

— Pourquoi ne pas arrêter l'assassin ?

— Il me manque un dernier élément. À vrai dire, je n'en ai pas besoin ; mais il serait malséant de refuser une preuve.

⁂

Higgins, comme il le supposait, n'eut pas longtemps à attendre ; alors qu'il se promenait sur la Croisette, le jeune homme blond qu'il avait vu sur le *Toujours-Bleu* lui barra le chemin.

— Je dois vous remettre quelque chose, inspecteur ; comme vous auriez fini par perquisitionner le bateau, c'était inévitable. Je ne suis au courant de rien et je quitte Cannes à cette minute même.

— Pourquoi cette hâte ?

— À cause de cette bombe.

Le jeune homme donna une boîte métallique ronde à Higgins.

— Akin l'a remise à Murlay avant de partir en mer.

CHAPITRE XXXVI

Il pleuvait; la colline du Suquet était couverte de nuages bas. Dans le jardin de la villa de Marie-Mort, citronniers et orangers semblaient penauds, peu habitués à ce temps catastrophique qui, pour les Cannois, avait une allure de fin du monde.

Higgins, sanglé dans un imperméable *Tielocken*, arriva le dernier; il avait pris son temps pour venir de chez le moine. Tout était clair, à présent; il lui restait à parcourir la fin d'un chemin de croix en soulevant le voile qui obscurcissait encore le mécanisme d'un crime odieux.

Le valet en livrée l'aida à se débarrasser de son imperméable.

— On n'attend plus que Monsieur; dois-je faire servir le champagne?

— Plus tard, répondit Higgins.

Déçu, le valet pensa que les réceptions modernes manquaient de brillant. En entrant dans le salon où Carla Haverstock avait vécu ses derniers instants de bonheur en voyant des images de sa mère, et où Hitchcock avait reçu ses dernières caresses, Higgins eut l'impression de pénétrer dans une cage aux fauves.

Frémontier, comme étranger à la situation, se tenait dans un angle de la pièce, derrière le buffet. À sa gauche, non loin de lui, Henriette Villadou, vêtue d'une robe rouge. Au fond du salon, Monsieur Marcel avait installé un appareil de projection ; à sa droite, Kirk Formeroy, fumant un cigare, bavardait avec Denis Murlay. En face du buffet, de l'autre côté de la caméra, Véra Drayer, en tailleur jaune pâle, conversait avec Iris Reldick, à peine habillée d'un chemisier presque transparent et d'une jupe trop courte ; le comte de Marie-Mort cachait sa blessure grâce à un chapeau texan. Marlow se tenait près de la porte.

Le comte se précipita vers Higgins.

— À quoi rime cette comédie, inspecteur ? Vous lancez une invitation à ma place, dans ma propre maison !

— Pardonnez-moi cette légèreté, mais j'ai pensé que les personnes ici présentes aimeraient voir un film surprenant que j'ai apporté.

Marie-Mort blêmit.

— Cette plaisanterie est d'un goût douteux.

— Il ne s'agit pas d'une plaisanterie.

Denis Murlay intervint, ironique.

— Seconde projection du fameux film-souvenir ?

— Il s'agit plutôt d'actualité.

La réponse de Higgins sema un trouble certain. Quand l'ex-inspecteur-chef ouvrit son carnet noir et consulta ses notes, l'atmosphère s'alourdit encore.

— Que s'est-il passé dans cette pièce ? Carla a vu un film sur sa mère auquel aucun d'entre vous, pour diverses raisons, ne s'est intéressé. L'une des scènes l'a tellement bouleversée qu'elle a perdu son sang-froid. Elle s'est enfuie en voiture et le contrôle de son véhicule lui a échappé.

— Excellent résumé, jugea Kirk Formeroy ; il n'y a rien d'autre à dire. Si nous nous en tenions là ? Carla est morte, personne ne la fera revenir, hélas !

— Je suis persuadé qu'elle nous écoute et nous regarde, dit Higgins avec gravité ; nous lui devons la vérité.

— Je suis d'accord avec l'inspecteur Higgins, approuva Henriette Villadou d'une voix émue.

Higgins vint vers elle ; la brunette, inquiète, se rapprocha du commissaire Frémontier.

— Vous avez fait l'éloge de Carla Haverstock, Mlle Villadou.

— Je l'aimais bien, c'est vrai... elle n'avait fait de mal à personne.

— Vous possédez une grande qualité : vous savez vous occuper des chiens. Vous êtes la dernière à avoir offert de l'affection au vieux Hitchcock avant le meurtre, et cette attitude vous place hors de la liste des suspects.

Scott Marlow perçut le soupir de soulagement de la brunette.

— L'assassin ne vous a pas ménagée, rappela Higgins, en dissimulant chez vous la scie à métaux qui avait servi à saboter la voiture de Clara ; nous y reviendrons.

L'ex-inspecteur-chef se dirigea vers l'appareil de projection, derrière lequel se dissimulait Monsieur Marcel.

— Votre comportement n'a pas été des plus brillants.

— Je n'ai tué personne, protesta le projectionniste.

— C'est exact, mais l'idée d'un superbe chantage vous a effleuré.

— L'important, c'est d'être resté à l'écart... j'ai juste commis un petit mensonge.

— Veillez bien sur votre trésor, Monsieur Marcel.

Marlow qui, exceptionnellement, connaissait la stratégie de Higgins, avait été heureux d'apprendre que ni Henriette Villadou, ni Monsieur Marcel n'étaient coupables. Ces deux-là, quels que fussent leurs défauts, aimaient leur travail et le faisaient bien. Aux yeux du superintendant, la conscience professionnelle était une vertu majeure.

Higgins s'approcha de Kirk Formeroy qui mâchait plus son cigare qu'il ne le fumait.

— C'est vous, M. Formeroy, qui avez organisé la projection. En jouant sur l'émotion inévitable de Carla retrouvant des souvenirs perdus de sa mère, vous espériez qu'elle continuerait à travailler avec vous et qu'elle vous augmenterait.

— C'est humain, non? Chacun défend son job comme il l'entend.

— Vous êtes criblé de dettes et prêt à tout pour trouver de l'argent.

— Normal, non?

— En me montrant votre lettre de renvoi signée par Carla, aviez-vous conscience que vous me fourniriez le mobile du meurtre : la vengeance?

Le regard de l'agent artistique devint flou : il quêta l'aide de Denis Murlay qui se détourna.

— Ben... non.

Ce fut la seule défense de Kirk Formeroy, incapable d'exposer d'autres arguments.

— C'est bien ce que je supposais, dit Higgins, amusé ; votre... naïveté aurait pu vous jouer un très mauvais tour et vous mettre en première ligne, si nous n'avions pas examiné les faits de très près. Je suppose que l'assassin comptait sur la légèreté de la police qui aurait fait de vous un excellent coupable.

Formeroy avait perdu pied. Denis Murlay, les bras croisés, fulminait.

— Et si on parlait de la mort de mon copain, Akin ?

— Je ne l'oublie pas, affirma Higgins ; et je ne vous oublie pas non plus. Si nous passions aux choses sérieuses, M. Murlay ?

CHAPITRE XXXVII

— Que voulez-vous dire ? s'inquiéta Denis Murlay.

— Séducteur, amateur de tous les plaisirs, propriétaire de bars, maître des cérémonies cannoises ; bel ensemble de qualités qui font de vous un suspect idéal.

— Ce serait plutôt le contraire ! Je tiens à ma respectabilité, moi !

— Vous appartenez à une espèce détestable, dit Higgins avec sévérité ; vous mentez, vous propagez de fausses rumeurs et vous diffamez.

— Holà, holà ! Ce n'est pas mon style, ça !

— Vous avez accusé Carla Haverstock de perversion, rappela Higgins ; nous avons vérifié.

— J'ai dû me tromper... l'erreur est humaine.

— Vous avez inventé une fable sur Véra Drayer, afin de nous orienter sur une fausse piste, celle d'une espionne au service du Japon.

La jeune femme éclata de rire.

— Nous sommes dans une cité du cinéma, indiqua-t-elle ; l'imagination est vive.

— Ce n'est pas un bien grand crime, estima Murlay; s'il n'y avait pas de rumeurs, l'existence serait bien triste.

— Pour la rendre plus gaie, vous avez eu l'idée de saboter la voiture de Carla Haverstock, puis de supprimer votre ami Akin qui en savait trop.

Les paroles de Higgins résonnèrent comme un coup de tonnerre; stupéfait, Murlay tarda à réagir.

— Je... je vous ai expliqué qu'un mécanicien comme moi... et puis Akin, c'était mon copain ! J'ai le culte de l'amitié, moi ! Carla, le prix d'interprétation, c'était parfait... sa mort me fait perdre de l'argent... Je n'avais aucune raison de la tuer !

— Vous souhaitiez la mort de Hitchcock, un vieux chien indigne d'une actrice célèbre. Qui pourrait vous pardonner cette ignominie?

Higgins abandonna Denis Murlay et se dirigea vers le comte de Marie-Mort.

— Vous non plus, vous n'aimez pas les chiens. Un père qui abandonne sa fille et se fait modifier le visage pour ne pas être reconnu d'elle peut-il encore faire montre de dignité? Quand Carla Haverstock vous a identifié sur le film, et a compris que vous étiez le père qui l'avait abandonnée, elle a vécu son premier martyre. Vous avez contribué à sa mort.

Les révélations de Higgins stupéfièrent Henriette Villadou, Kirk Formeroy, Denis Murlay, Véra Drayer et Iris Reldick. Le commissaire Frémontier, mis dans la confidence, et Monsieur Marcel, qui avait compris depuis longtemps, demeurèrent de marbre. Scott Marlow observa plus particulièrement la réaction de l'assassin, conforme à ce qu'avait prévu Higgins.

On protesta, on commenta, on s'indigna : Higgins attendit la fin du brouhaha.

— Seul Monsieur Marcel avait vu le film dans son intégralité, puisqu'il l'avait monté, continua Higgins ; vous, monsieur le comte, espériez qu'aucune trace de votre aventure n'y figurait et, avec votre courage habituel, avez préféré être absent. Quand vous avez appris la réaction de carla, le doute n'était plus permis ; elle vous avait reconnu. Ce n'est pas à elle que vous avez pensé, mais à vous ; c'est pourquoi vous avez tenté de voler le film accusateur que Monsieur Marcel avait soigneusement caché. De votre médiocre expédition, vous n'avez rapporté qu'une éraflure à la tempe.

— Ils sont beaux, les aristocrates, commenta Denis Murlay.

Marie-Mort eut une réaction inattendue ; il fit quelques pas rapides et gifla le persifleur avec une force inouïe. Affolé, Murlay s'abrita derrière Kirk Formeroy.

— Arrêtez-le, ce fou ! C'est lui qui a tué sa fille et Akin... c'est un violent rentré, la pire des espèces !

La fureur du comte retomba ; abattu, il s'adossa au buffet.

— Était-il nécessaire, inspecteur, de parler du passé devant cette racaille ?

— Mon rôle consiste à établir la vérité.

— Carla aurait dû vous supprimer, estima Kirk Formeroy, choqué ! Et c'est moi qui ai fait projeter ce film... Je suis responsable de sa mort !

Le géant mou était au bord des larmes.

— Vous vous trompez, déclara Higgins. Que le film fût projeté ou non n'aurait rien changé, Carla Haverstock était condamnée.

Le comte, incrédule, dévisagea l'ex-inspecteur-chef.

— Était-elle souffrante ?

— Que savez-vous de la souffrance d'un être ?

La question désarçonna l'aristocrate.

— Moi, dit Iris Reldick, je commence à avoir soif !

Consciente de sa bévue, elle mit la main sur ses lèvres et partit d'un petit rire stupide.

— La situation est claire, estima Denis Murlay ; le comte ne voulait pas reconnaître sa fille pour qu'elle n'hérite pas. Comme elle l'avait identifié, il ne lui restait plus qu'à la supprimer !

— Hypothèse attirante, jugea Higgins.

La voix caverneuse du comte protesta.

— Ce n'est pas vrai... jamais je n'aurais pu... Carla était tout de même ma fille !

— Outre cet élan du cœur, vous étiez surtout ruiné, précisa Higgins. Même cette demeure aurait dû être vendue pour rembourser vos créanciers, et l'héritage de Carla se serait réduit à néant ; il faut donc admettre qu'un magnifique mobile disparaît.

— Il l'a quand même tuée ! accusa Murlay ; vous avez vu comment il m'a traité !

— Nous lui en sommes tous reconnaissants, déclara Higgins.

Assommé, Denis Murlay se tut.

Higgins marcha de long en large.

— Le comportement du comte de Marie-Mort fut détestable et condamnable ; il a beaucoup fait souffrir sa fille, mais ne l'a pas tuée. En réalité, ce film était une énorme fausse piste qui nous a aveuglés pendant longtemps. Bien que ruiné par son film *La mort n'est pas une fin*, le comte espérait en un autre projet dont le succès impliquait la présence de Carla

Haverstock comme vedette. Son décès, d'un point de vue matériel et professionnel, était donc une sorte de condamnation à mort pour son père. Seul *Les Feux de la passion* aurait pu sauver le comte de Marie-Mort ; n'est-ce pas votre avis, Mlle Drayer ?

CHAPITRE XXXVIII

Véra Drayer répondit avec un sourire mystérieux.

— En tout cas, je crois à mon projet. Vous nous aviez parlé d'un film inédit, me semble-t-il ? J'avoue être curieuse.

— Chose promise, chose due, reconnut Higgins. Votre exigence légitime me permet d'en venir à l'étrange comportement de Harvey Akin. Cet homme était un baroudeur et un héros de la dernière guerre, doté d'un courage qui frisait l'inconscience ; spécialiste des bombes incendiaires, il avait participé à tant d'horreurs que son équilibre psychique était à jamais atteint. C'est pourquoi il s'était lancé dans une folie, la quête de l'instant total au cinéma, de l'image absolue qui abolirait le temps ; il ne s'en cachait d'ailleurs pas et tentait les expériences les plus folles au vu et au su de tous.

— Ne salissez pas la mémoire de Harvey, protesta Denis Murlay ; c'était un type bien.

— J'ai peur que votre jugement sur les hommes ne soit tout à fait déficient ; veuillez projeter ce film, Monsieur Marcel.

Higgins donna la boîte ronde au projectionniste.

— D'où tenez-vous ça ? demanda Murlay.

— C'est le matelot du *Toujours-Bleu* qui me l'a apportée afin d'éviter une fouille en règle de votre bateau.

— Le petit monstre ! Si je le tenais...

— C'est bien Akin qui vous l'avait remise ?

— Exact, reconnut Murlay ; cette boîte contenait son testament artistique. Il m'a fait jurer de ne pas le projeter avant dix ans.

— Votre serment n'impliquant pas le mien, nous allons écourter ce délai.

Monsieur Marcel, de ses gestes précis, disposa le film.

— Je suis prêt, annonça-t-il.

Higgins éteignit la lumière.

L'œuvre était aussi sobre que brève : une image fixe, une flamme qui montait vers le ciel. En regardant bien, on pouvait discerner une voiture qui brûlait.

La projection ne dura qu'une minute ; quand la lumière revint, un profond silence régnait dans le salon. Denis Murlay le brisa.

— Ce n'est quand même pas...

— Si, M. Murlay, c'est bien la voiture dans laquelle Carla Haverstock et son chien ont brûlé vifs.

Aucune protestation ne s'éleva ; tous avaient encore en mémoire la vision d'horreur fixée sur le film.

— Harvey Akin avait effectué un léger sabotage sur la voiture de Carla, expliqua Higgins ; il n'était pas pressé. Ce qu'il souhaitait, c'était la voir sortir de la route et pouvoir saisir cet instant absolu. Sans doute la suivait-il partout à moto, caméra en bandoulière, afin de ne pas rater ce grand moment. Filmer la mort en direct, n'était-ce pas son idéal de cinéaste dément ? Mais la technique dut lui paraître trop complexe ; le temps de se préparer, et l'instant serait passé. En tant que spécialiste des bombes incendiaires, une autre idée lui vint ; il trafiqua probablement le réservoir, de manière à ce que l'actrice tombât en panne d'essence sans s'en apercevoir. Si la chance lui souriait, il n'y aurait plus beaucoup de carburant lors de l'accident, et c'est lui qui allumerait l'incendie. Voir brûler sous ses yeux une personne vivante, être le premier à filmer la naissance d'une flamme criminelle... voilà le but qu'il recherchait et qu'il a malheureusement atteint. Je me trompe peut-être sur quelques détails, mais vous connaissez à présent l'identité de l'assassin et la manière dont il a perpétré son crime.

— L'affolement de Carla l'a bien servi, remarqua Kirk Formeroy ; était-ce une machination ?

— Non, M. Formeroy : Akin a sauté sur l'occasion. Comme vous, j'ai supposé qu'il avait un complice qui n'aurait pu être que... vous-même.

— Ah non, non... je vous jure que non ! J'aurais convaincu Carla de me garder, mais ordonner son exécution ! C'est impossible, inspecteur, impossible !

— Je sais, M. Formeroy. Je pense que Carla aurait pu être sauvée : Akin fut un meurtrier de la pire espèce. Sans doute a-t-il attendu quelques instants, sur cette route déserte, pour être certain que la victime ne s'embraserait pas d'elle-même. Ensuite, il a descendu la pente, caméra en bandoulière, la bombe incendiaire dans la poche. L'actrice l'a peut-être appelé au secours ; lui ne l'entendait même pas. Il a placé son engin de mort, l'a programmé pour qu'il se déclenche en quelques secondes et a filmé l'explosion qui a tué Carla Haverstock et son chien.

— C'est monstrueux, dit Henriette Villadou.

— Akin n'a pas pu faire ça, protesta mollement Denis Murlay, obligé de se rendre à l'évidence.

— Qui a supprimé le cinéaste ? demanda Véra Drayer. On a voulu l'empêcher de parler, c'est évident !

— Méfions-nous de l'évidence, estima Higgins.

— Vous ne croyez pas au meurtre ? s'étonna Murlay.

Scott Marlow observa le véritable assassin. Il demeurait impassible. Jusqu'à présent, Higgins avait déployé sa stratégie avec une régularité de métronome ; mais il parvenait à un virage délicat que Marlow n'aurait pas eu envie de négocier à sa place.

— Harvey Akin n'a pas été assassiné, continua l'ex-inspecteur-chef : le commissaire Frémontier soupçonnait Monsieur Marcel et surtout Denis Murlay, mais ils ont essayé de l'empêcher de partir en mer. Le responsable de sa disparition, c'est moi.

— Vous... vous étiez sur le bateau ? demanda Kirk Formeroy.

— Je ne suis pas allé jusque-là, répondit Higgins. J'ai simplement demandé qu'on ne l'arrête pas sur-le-champ, bien que beaucoup d'indices plaidassent en faveur de sa culpabilité. Lorsque nous fîmes allusion à son passé militaire, lors d'un interrogatoire, il comprit que nous le soupçonnions ; soit il parlait, soit il tentait une expérience plus folle encore que les autres pour être confronté à l'instant total.

Comme il n'avait même pas conscience d'être un criminel, il a choisi la seconde solution.

Marlow avait approuvé la position de Higgins et ne le regrettait pas ; le monstre qu'avait été Akin était parti à la rencontre de sa propre folie.

Le comte de Marie-Mort sortit de sa torpeur.

— Pourquoi ce malade mental a-t-il tué ma fille ?

— L'acte gratuit, répondit Véra Drayer.

— Non, mademoiselle, s'opposa Higgins. Je n'en ai pas croisé un seul au cours de ma carrière, et ce crime-là n'en était pas un.

— Vous voulez dire... qu'Akin n'était qu'un exécutant ?

Higgins opina du chef.

CHAPITRE XXXIX

— Qui avait intérêt à voir mourir Carla Haverstock? Voilà la question majeure dont il ne fallait pas s'écarter, dit Higgins avec gravité. Qui la détestait au point de commanditer un crime aussi abominable? Qui avait un mobile suffisant pour n'éprouver aucune pitié et manipuler Akin en sachant qu'il agirait de la manière la plus cruelle, sans même s'en rendre compte?

Seul le silence répondit à l'ex-inspecteur-chef.

— Vous n'aimiez guère Carla Haverstock, Mlle Reldick.

— Moi?

La starlette avait sursauté.

— C'est bien à vous que je m'adresse.

— Elle m'énervait, c'est vrai... c'était une vieille actrice sans talent.

— Starlette, observa Higgins, ce n'est ni une profession ni un aboutissement.

— Je serai une star.

Higgins consulta ses notes.

— Vous êtes déjà une bonne comédienne, puisque vous entretenez à merveille l'illusion.

— Quelle illusion ?

— En ce qui me concerne, elle n'agit plus. Le personnage de la ravissante idiote en cache un autre dont la nature est fort différente.

Iris Reldick haussa ses jolies épaules.

Higgins s'attarda sur l'une des pages du carnet.

— Lors d'une de nos conversations, vous avez cité des références qui vous semblaient importantes ; vous en souvenez-vous ?

— J'ai déjà oublié... vous savez, j'ai l'habitude de dire n'importe quoi !

— Ce n'est pas mon avis ; vous êtes, au contraire, une excellente calculatrice. Mais il n'est pas facile de trahir sans cesse sa propre nature et d'endosser le vêtement d'un personnage plus ou moins artificiel. Je dis « plus ou moins », car il existe deux êtres en vous, l'un luttant sans cesse avec l'autre. Beaucoup d'individus vous ressemblent mais, chez vous, ce drame intérieur est porté à son paroxysme.

— Chez moi ? C'est incompréhensible... Je me montre, c'est tout ! Je suis assez jolie pour réussir, non ?

— Revenons à ces références, Mlle Reldick. Que vous évoquiez *La Reine Christine*, passe encore ; même une starlette écervelée peut connaître le film le plus célèbre de Greta Garbo ; en revanche, l'allusion à *La Reine Marie* vous a échappé.

Iris Reldick parut gênée.

— C'est un titre de film comme un autre...

— Vous savez bien que non. *La Reine Marie* est une œuvre du poète victorien Tennyson, écrite en 1875, que seule une étudiante britannique, éduquée dans un collège traditionnel, pouvait connaître. Vous avez dû tant travailler sur ce drame qu'il est resté imprimé dans votre mémoire et que son titre est venu naturellement dans votre discours.

— Quelqu'un aurait pu m'en parler !

— Tennyson n'est pas un auteur très populaire, de nos jours ; mais c'est une possibilité, en effet. Aussi ai-je préféré prendre mes précautions pour m'assurer que je ne me trompais pas. C'est pourquoi je vous ai rendu visite, à votre domicile.

— Chez Miss Wheaton ?

— Miss Wheaton n'existe pas.

— Vous délirez, inspecteur ! Il suffit de vérifier que...

— Inutile, Mlle Reldick ; nous ne connaissons pas encore votre véritable nom, mais il est certain que cet appartement est le vôtre ou celui de vos parents. Cette Miss Wheaton, si cultivée, c'est vous-même, passionnée d'histoire et de psychologie. Elle réside en Angleterre, affirmez-vous ? Une partie de vous-même est restée là-bas, en effet ; Iris Reldick est la révoltée qui refuse l'éducation qu'elle a reçue, n'accepte pas d'être la fille d'un lord et veut se prouver que sa beauté seule l'aidera à réussir dans le monde du spectacle. C'est pourquoi elle n'hésite pas à s'exhiber et à adopter un comportement outrancier. Je suppose que vos parents, s'ils sont au courant, doivent être désespérés et n'osent pas intervenir, par peur du scandale.

— Pures inventions !

— Scotland Yard et la police française n'auront guère de peine à découvrir votre identité.

— Eh bien, soit ! Je m'appelle effectivement Wheaton. Et après ? Mes parents sont riches, bornés et conformistes ; ils détestent le cinéma, traitent les acteurs de saltimbanques et voudraient me voir universitaire ou mère de famille. Moi, je refuse !

La colère de la jeune femme n'était pas feinte ; ses yeux lançaient des éclairs. Higgins prit une respiration, comme s'il cherchait un second souffle.

— Étiez-vous au courant de cette double identité, Mlle Drayer ?

— Pas du tout, inspecteur.

— Iris Reldick était pourtant votre amie.

— Nous sympathisions, c'est vrai, mais elle ne me faisait guère de confidences.

— Vous êtes une femme cultivée, continua Higgins ; non contente de monter des affaires dans le milieu du spectacle, vous écrivez des scénarios. Je veux dire : un scénario. Celui qui aurait pu sauver le comte.

— Est-ce un crime ?

— Ça l'est devenu, Mlle Drayer.

La jeune femme sembla oppressée ; la brutalité de l'accusation la prenait au dépourvu.

— Akin était un fou dangereux ; vous êtes une intrigante et une voleuse si méprisante à l'égard d'autrui que vous vous moquez des conséquences de vos actes.

— Vos insultes sont...

— Mes accusations, rectifia Higgins. Je ne crois pas que vous soyez capable d'écrire, mais vos relations étaient nombreuses et vous plaisiez beaucoup au comte de Marie-Mort, un producteur important. Quand vous avez eu l'occasion de mettre la main sur un scénario de qualité, vous avez tout de suite compris l'avantage que vous pourriez en tirer. *Les*

Feux de la passion n'est pas votre œuvre, Mlle Drayer.

— Vous affabulez, inspecteur.

— Le comte a beaucoup apprécié le scénario qui n'était pas écrit pour Carla Haverstock, mais pour une actrice plus jeune, au tempérament très différent ; je crains que vous n'ayez oublié de révéler le nom du véritable auteur à votre producteur.

— C'est exact, intervint Nicolas de Marie-Mort ; Véra m'a toujours parlé de ce travail comme de son œuvre propre.

Higgins se plaça face à Véra Drayer.

— Qui a écrit *Les Feux de la passion* ?

L'assistante de production resta muette.

— Je vais répondre à votre place, reprit Higgins, puisque vous continuez à fuir vos responsabilités. C'est Iris Reldick, alias Miss Wheaton, qui est l'auteur du scénario. L'histoire, fondée sur une trame psychologique compliquée, ne vous ressemble pas, alors qu'elle est la traduction de l'âme d'Iris et de ses tourments ; n'évoque-t-elle pas les rapports difficiles entre une fille et son père, ses métamorphoses douloureuses et son mal de vivre ?

— Indices trop maigres, inspecteur.

— Il en est un autre, très significatif : le choix de la musique. Une beethovénienne comme vous, Mlle Drayer, aurait préféré une œuvre carrée et puissante aux *Kreisleriana* de Robert Schumann ; mais n'est-elle pas l'opposition tragique entre Eusebio et Florestan, entre deux personnalités incapables de coexister dans le même être ?

La starlette avait disparu, laissant la place à une jeune femme tendue et nerveuse qui ne cherchait plus à charmer l'assistance.

— Iris Reldick voulait être à la fois actrice et scénariste, sur le devant de la scène et derrière elle. Quand elle jouait à la vedette, elle rêvait d'écrire ; quand elle écrivait, elle rêvait d'incarner le rôle qu'elle imaginait pour elle-même. Or, si la starlette n'attirait encore que la curiosité des passants, l'auteur semblait avoir rencontré sa chance : vous, Mlle Drayer. Vous avez lu son texte et l'avez présenté à Marie-Mort, qui fut séduit mais exigea de modifier le rôle principal pour l'adapter à la personnalité de Carla. Le comte ignorait qu'il signait l'arrêt de mort de sa fille, avec votre complicité ; de votre main, vous avez corrigé le texte original. Et vint le moment où vous avez dû l'avouer à Iris... je suppose que sa réaction fut glaciale. Mais vous avez réussi à la convaincre d'accepter : vous lui reverseriez une part des bénéfices, son idée serait tournée et ce succès, assuré par la présence de Carla Haverstock, préluderait à d'autres réussites. En théorie, ce montage malhonnête, dont vous devez être coutumière, ne présentait aucune difficulté : lorsqu'un auteur est inconnu, lui voler ses idées n'a rien d'immoral, selon certains « professionnels ». Dans la plupart des cas, le novice s'incline et accepte la règle du jeu. Vous avez cru qu'Iris Reldick n'était qu'une petite ambitieuse parmi tant d'autres ; sa seule originalité, c'était ce scénario, probablement le seul qu'elle écrirait jamais. Vous vous êtes lourdement trompée, Mlle Drayer, et n'avez pas perçu ses pulsions.

— Je n'ose comprendre, inspecteur...

— Il le faut pourtant, mademoiselle. Iris ne pouvait pas accepter votre proposition, même si elle paraissait être d'accord. Vous lui voliez son texte d'auteur, en le dénaturant, et le rôle qu'elle s'était taillé sur mesure; sa haine ne s'est pas concentrée sur vous, qui lui offriez une chance de rentrer dans le milieu artistique, mais sur sa rivale, Carla Haverstock, l'actrice à cause de laquelle son texte avait été transformé, l'actrice qui apparaîtrait sur l'écran à sa place. Si Carla n'avait pas été promise au prix d'interprétation, si Carla n'avait pas existé, Iris aurait connu une gloire rapide.

Véra Drayer s'écarta.

— Je reconnais avoir un peu triché, avoua-t-elle d'une voix de petite fille, mais pour le crime, je ne suis au courant de rien.

Le regard d'Iris Reldick était chargé de mépris.

— Iris n'a pas eu la force d'agir elle-même, continua Higgins; elle n'a eu aucune peine à convaincre Harvey Akin de rechercher l'instant total en tuant Carla Haverstock selon un scénario atroce qu'elle a elle-même imaginé; et c'est elle, bien sûr, qui a caché la scie chez Henriette Villadou afin d'offrir en pâture une possible coupable. Un monstre allié à un autre monstre... voilà pourquoi une femme a été assassinée sans comprendre pourquoi.

Iris Reldick serrait les dents et les poings; son visage n'était plus que haine.

— Il existe peu de justice en ce monde, lui dit Higgins, et un bon avocat réussira sûrement à vous faire interner; je me contenterai de constater votre échec total. Votre scénario ne sera jamais tourné et restera lettre morte; vous ne jouerez ni le rôle que vous aviez imaginé, ni aucun autre. En faisant assassiner Carla Haverstock par un dément, c'est vous même que vous avez tuée.

Folle de rage, Iris Reldick se rua sur Higgins; Scott Marlow, qui avait prévu cette réaction, maîtrisa à grand-peine la furie.

Le commissaire Frémontier, encore sous le choc, vint lui prêter main forte.

ÉPILOGUE

Le moine et Marlow dormaient encore.

Higgins se leva sans faire de bruit, traversa la cuisine en chaussettes, ouvrit la porte d'entrée en évitant tout grincement et se chaussa sur le seuil. Le soleil se levait; un vent frais balayait les rues du Suquet.

L'ex-inspecteur-chef descendit les grandes marches sans se hâter; son genou gauche le faisait de nouveau souffrir. Le retour de l'arthrose impliquait un repos nécessaire dans sa demeure du Gloucestershire. Avant de quitter Cannes, il devait néanmoins s'acquitter d'un dernier devoir.

L'actualité passait. Le festival de Cannes, où Cocteau venait de déclarer que son nom n'était pas le pluriel de cocktail, battait son plein; Carla Haverstock et Harvey Akin étaient déjà oubliés. D'autres actrices et d'autres cinéastes s'agitaient sous le feu des projecteurs. Cannes oubliait le crime et se préoccupait à nouveau de fastes et de luxe; mille et un potins emplissaient les colonnes des journaux.

Higgins trouva un taxi au centre-ville et le guida vers un coin perdu de l'arrière-pays; le conducteur se montra très prudent, d'autant qu'une légère brume subsistait dans certains virages.

— C'est ici, indiqua Higgins.

— Je me gare un peu plus loin... vous en avez pour longtemps ?

— Un quart d'heure environ.

Avec précaution, Higgins descendit une pente plutôt raide, s'accrochant au tronc des pins pour ne pas glisser. Aussi arriva-t-il sans encombre à l'endroit où la voiture de Carla Haverstock avait brûlé.

L'ex-inspecteur-chef sortit d'une des poches de son *Tielocken* une petite plaque en bronze qu'il avait fait graver la veille ; sans doute était-il le seul à se souvenir qu'un vieux caniche avait été, lui aussi, assassiné. Son dernier bonheur avait été de mourir aux côtés de sa maîtresse à laquelle, conformément à sa fonction, il ouvrirait les chemins du ciel.

Higgins creusa un trou au pied d'un énorme rocher que les siècles ne bousculeraient pas, et y enfouit la petite plaque de bronze où étaient inscrits ces mots simples : « À Hitchcock, pour toujours. »

Composé par Euronumérique 92120 Montrouge
et achevé d'imprimer en septembre 1996
sur les presses de la Société Nouvelle Firmin-Didot
à Mesnil-sur-l'Estrée (Eure)

- N° d'imprimeur : 35712 -
- N° d'éditeur : DSY 28 -
Dépôt légal : septembre 1996

Imprimé en France